我的便携式生活 WO DE BIANXIESHI SHENGHUO

闫红，《新安晚报》编辑，腾讯"大家"专栏作家，《读者》签约作家，曾获《读者》"金百合奖"、安徽文学奖等，著有《误读红楼》《诗经往事》《她们谋生亦谋爱》《胡适情事》《我认出许多熟悉的脸》等十余种作品。

闫红作品

WO DE BIANXIESHI SHENGHUO

我的便携式生活

闫 红◎著

时代出版传媒股份有限公司
安徽文艺出版社

图书在版编目（ＣＩＰ）数据

我的便携式生活/闫红著. —合肥：安徽文艺出版社，2020.1
（闫红书系）
ISBN 978-7-5396-6597-9

Ⅰ. ①我… Ⅱ. ①闫… Ⅲ. ①散文集－中国－当代
Ⅳ. ①I267

中国版本图书馆 CIP 数据核字(2019)第 040179 号

出 版 人：段晓静　　　　　策　　划：朱寒冬　段晓静
责任编辑：刘姗姗　张妍妍　　装帧设计：徐　睿

....

出版发行：时代出版传媒股份有限公司　www.press-mart.com
　　　　　安徽文艺出版社　www.awpub.com
地　　址：合肥市翡翠路 1118 号　　邮政编码：230071
营 销 部：(0551)63533889
印　　制：安徽新华印刷股份有限公司　(0551)65859551

....

开本：880×1230　1/32　印张：10　字数：200 千字
版次：2020 年 1 月第 1 版　2020 年 1 月第 1 次印刷
定价：39.80 元

....

（如发现印装质量问题，影响阅读，请与出版社联系调换）

版权所有，侵权必究

自序

理想的一天

小时候老师让写理想,我跟大家一样,写要当老师春蚕到死丝方尽,要当科学家为祖国的四个现代化添砖加瓦,心思却常常会旁逸斜出,狂想理想的一生。

我跟表姐说,我长大了要做什么样的工作,住什么样的房子,去什么样的地方,和什么人在一起。我眼睛发亮(嗯,我自己能感觉出来)地说了半天,表姐看着我说,你理想的生活就是两个字:有钱。三个字也可以:很有钱。

哈哈,真是被表姐击中要害了呢。遥想物质匮乏的当年,我们热爱港台作品,多少也是因为里面的生活相当优裕。

我看的第一部琼瑶小说,叫什么梦来着,开头就是女主人和父亲闹了别扭在街上走,因为父亲从欧洲回来,带回一箱衣服,全是给继母的。

欧洲!一箱衣服!简直无法想象,毕竟我当时去阜阳市胜利路批发市场买条二十块的灯笼裤都要攒很久零花钱。

让人羡慕的还有三毛,她跟我一样厌学,退学后她爸把她送到欧洲了。虽然她说她在德国时非常节省和拮据,连双合脚的鞋子也没有,但她同时不也还是能穿越柏林墙去旅游,邂逅英俊又有爱的德国军官吗?

审美也是和经济有关的。

反正编织理想的一生是我二十岁之前最爱的游戏。二十岁之后,始知理想一生来不得半点一厢情愿,需要风云际会风调雨顺天时地利人和,相对于如此宏大的系统工程,倒是先把自己可以掌控的那部分做好更现实。

可以修正一下当初的梦想了。一个成年人的理想生活,不是去欧洲买衣服,被英俊且握有权力的男人当众示爱,能做到不崩溃不懈怠就已经很好。

其实也不容易。有时候晚上雄心勃勃,第二天要干啥干啥,一不小心失了眠,整个第二天就泡了汤。

有些早晨雄心勃勃,这一天要干啥干啥,但稿子开头写得不顺,开始求援式暴饮暴食,最后捧着一肚子都不知道怎么吃下去的零食,觉得这一天就像一页开头就被写坏了的稿纸,只能作废。明天再开始吧,明天又是一张新的白纸。

年轻时如此这般地作废掉许多日子,不着急,觉得手里的日子有的是,一天没过好,不妨碍搭建理想的一生。人到中年,开始发现日子不像树叶那么稠了,真的经不起浪费了。

王健林说我们应该先定个小目标,比如先挣他一个亿。很多人的重点是"一个亿",像我这样长期思考人生的人,则把目光久久地落在"小目标"上,我觉得老王说得很对。

比如说,为什么老是嚷嚷着要过理想的一生呢?我们能不能分解一下,先定个小目标,先过好理想的一天,甚至理想的一小时?就是说,这一天这一个小时不管怎样,都要不抛弃不放弃地过好了。

分解之后就变得简单了,容易着手,也容易纠错,船小好掉头，加起来又能成为美好大人生的有机部分。那么，不妨先规划一下，理想一天的基本款长啥样。

理想的一天首先是有序的。最容易浪费时间的，是一件件事情的衔接处，万事开头难，劝自己开始一件事需要做太多心理建设，通常我会自暴自弃地刷很久的手机。

手账也许是解决这个问题的办法，我以前觉得就算写下来，也不一定能劝得动自己，但有个小朋友说，她完成一行划掉一行，凡是写下来的都做到了。手账是时间的指示牌，也是自己跟自己签订的一日游合同。

理想的一天还应该是整洁的。去过一些人家，发现不管装修陈设是简朴还是奢华，只要够整洁，就显得高级，令人敬重。而自身的整洁，也会让生活纹理清晰，在这上面花点时间非常值得。

理想的一天是有吸收的，要看书或者看电影、听音乐以及与人交谈。尤其是阅读，它是对内心的归拢，不管内心有多少浮云和神马，看上几页书，心思就不再跑野马。

理想的一天还应该是有所创造的，对于我而言就是写作。最近尝试着凌晨四点半起床，那个时刻最安静，像还没有营业的菜市,最新鲜的蔬菜水果和肉类源源不断地运进来。晚上我精力就不行了,涣散杂沓得像晚上的菜市,一地的烂菜叶子。

假如因为各种原因,不能够写得很好,也不必着急作废掉,耐下心来继续写,为了创造而写,就比为了写出雄文而写放松多了,只有偶有闪光,身心愉悦,也是理想的一天。

理想的一天,最关键的就是不留下债务给明天。一年365个日子,那些拖拉放纵无所事事的日子是欠债的。

不过,在这样的基础上,也还可以锦上添花。比如说,要有应季的漫游。

去年秋天在日本,有次赴宴,不知道是不是传说中的怀石料理,小小的碗碟里盛着小而美的柿子,点缀着枫叶,还有其他的,我忘了,反正一顿饭吃得像看画展似的,吃完觉得自己浏览了一个秋天。

季节是浪漫的,季节轮转,简直像是上天送给人类的礼物,把日子变得参差多态。我们应该对季节轮换保持敏感,去合适的地方,查看那些标志性的细节。

在这个城市里,春天的每个早晨,都应该去天鹅湖边,看望那几棵默默酝酿中的桃树,每年就这几棵桃树开花最积极。

夏天就算了,我最不喜欢夏天,除了不用穿许多层衣服没什么好处。

秋天去大蜀山下的蜀峰湾吧,那里有一片枫树林,被风雨一打,就会在你面前惊才绝艳地落一地,从脚下一直画到远方,我每每看得心惊、发怔,世界变成一场美丽的幻觉,我也不再是这样一个疲惫的中年人。

在位于淮河以南的合肥,冬天才是花季,天鹅湖北边,市府大楼南边有片蜡梅林,十月份开始打骨朵,到一月开成一片蜡质的金黄,精致得不像真的,轻轻触摸似有油润之感。还好有馨香飘进鼻子里,让你确认,它们都是真的花朵呢。

天鹅湖和匡河边的红梅林、海棠林,也是随随便便就开得漫山遍野。我有段时间酷爱步行,想练出走上几公里不带喘气的神功,那样我就可以在周边五公里之内疾步如飞,不用担心没处停车或是出租车不好打了,对于我而言,这方圆五公里,足够盘桓一生。

当然，也可以随机地逛进某个 shopping mall，看看橱窗里的衣服，挑一块漂亮的小蛋糕，考察下新开的拉面馆，是这理想的一天必要的点缀。

若有余力，就去菜市，认真地挑选食材，像日本人那样，做一餐提示季节的晚饭。人到中年，越来越享受和他人的良好关系，和家人的良好关系尤其重要，美好的晚餐，是对这种良好关系的必要建设。

还有一些事情镶嵌或是填充在这一项项中，比如去练个瑜伽，试用新买的铸铁锅或是蓝牙耳机，坐在窗下边看书边等待一场雪……总之，在自律的前提下，我们有太多的方式营建理想的一天，它们是你人生这个玻璃樽里的千纸鹤，能攒上一大瓶真是太满足了。

就像此刻，早晨六点半，天光欲擒故纵，还未完全亮起，我写完这篇稿子，感觉给理想的一天开了个不错的头。

目录

自序：理想的一天 / 001

第一辑　小确幸

原来你也不喜欢吃苹果 / 003

四湾菜市就是我的诗与远方 / 010

"千万别买"清单 / 019

最奢侈的消费方式是买"我高兴" / 022

她知道一百种让食物更美味的办法 / 028

你有没有收集过梅花上的雪 / 035

过不下去时，也许真正的生活就开始了 / 039

第二辑　凡人的生活意见

去办事，怎样不看人脸色 / 047

我们为什么都长着一张被欺负的脸 / 055

我原谅了童年欺负过我的人 / 061

我确认自己发不了财 / 071

我只想当妈妈,不想当债主 / 080

花最少的钱过最精致的生活 / 087

像交朋友一样去消费 / 092

我也是被我爸富养的女儿 / 097

在婚姻这件事上,我承认我拼爹了 / 105

第三辑　小城文青在省城

回不去的三四线?凭啥你想回就能回? / 115

技术进步了,不用去北京了 / 121

"仅展示三天朋友圈"怎么就冒犯了你 / 128

回家过年,让自己不再是那个疲惫的异乡人 / 134

爬大蜀山时你会遇见谁 / 143

从你的小世界路过 / 146

若不是心穷,谁愿意让娃负重前行 / 151

陪娃强行消费升级的老母亲 / 158

第四辑　我的便携式避难所

新《红楼梦》为何不如1987版《红楼梦》 / 165

高级丧这条路终究是走不通的 / 177

带我们享受贫穷的几本书 / 182

读书要趁早,因为你不知道风险什么时候来到 / 188

陕北民歌:爱到深处,就觉得徒劳 / 196

《芳华》与《耗子》:后一种摧毁更加残酷 / 202

李白为什么不回应杜甫的热情 / 208

张爱玲的衣裳 / 214

第五辑　偶尔鸡汤

你确定,说出来就好了? / 223

怎样克服人生里淡淡的失败感 / 229

圆滑是个绊脚石 / 235

没有应有尽有的生活,但你可以打造应有尽有的自己 / 241

一以贯之的目标,比一以贯之的价值观更重要 / 247

做最坏的准备,就没法尽最大的努力 / 254

不要让凌乱成为你的宿命 / 259

第六辑　日本系列

第一眼东京 / 269

我在日本遇到的最可怕的事 / 274

爱鞠躬的日本人让我尴尬 / 279

从神保町到饭田桥——被萧红丢在日本的"黄金时代" / 286

去江之岛看一场花火 / 298

第一辑　小确幸

原来你也不喜欢吃苹果

我奶奶喜欢讲伦理故事，大部分关乎孝道，比如老太太生病了，想吃梨，叫儿子去买。儿子叫苦："娘啊，这么大的雪，你让我去哪里买？"儿媳妇生病了，叫老公去买梨，他戴着帽子就出了门，买了梨子回来，偷偷地拿进屋，让老婆赶紧吃掉："别让娘看见了。"当娘的进来扫地，看见地上有个梨核，放进嘴里咂咂味儿，心里和梨核一样酸苦。

这故事估计被很多老太太讲给孙子孙女听过，她们没法直接讲给儿子媳妇听。不过我爸孝顺是出了名的，我奶奶可能只是喜欢这个故事。我当时对该故事道德层面上的意义直接跳过去了，想，要是我生病了，可能也想吃梨子。那时市面上大抵只有两种水果，而我非常不喜欢吃苹果。

我的便携式生活

梨子酥脆，水分多，青皮略显粗糙，雪白易碎的瓤暴露出来时更是惊艳。生病时，尤其是发烧烧得口干舌燥之际，若有一片凉而甜的梨子，被牙齿轻易地斩切，汁水溢出，滋润了口腔里的每一个区间，在人间的乐趣就会缓缓复苏，这是苹果所不能给予的。

苹果的外形倒是更漂亮，青苹果浪漫如青春，红苹果润泽如姑娘刚从操场跑回教室时的脸庞，使得你对它有更多的期待，削掉皮之后，一口咬下去，多少会有点儿失望。

首先不够多汁，更严重的缺陷在于质地，它既不像梨子酥脆，又不像桃子那么肉感，疏松，漫不经心，咬嚼的时候，它不能够跟牙齿形成很好的互动，既不抵抗也不迎合，有点"你看着办吧，怎么都可以"的丧，话不投机，还没开口就冷了场。

它如此淡漠，你当然也难有热情，黄爱东西老师曾经鄙夷脆桃说，桃子不软叫什么桃子？不如去吃个苹果。虽然将脆桃置于苹果之后，但明显对苹果的评价也不高。

她不是一个人，我也不是，有次我在微博上言及此，获得一大片呼应之声。有人说，要不是听说有营养，谁会去吃苹果？——有谚语曰："每天一个苹果，医生不来找我。"另一个原因是苹果比较容易栽种，产量高，价格相对较低。

当然，也不是所有的苹果都如此无趣，比如新疆的冰糖心苹果，切开来，有一部分真的透明如冰糖，甜到齁人，那种极致感不只满足了味蕾，更愉悦了心灵。只有极冷极热的温差，才能成就这样一种甘甜，在艳阳和寒霜轮番作用下，鬼知道一只苹果都经历了什么。

太悲壮了，还是做一只梨子幸福一点。或者做那种以肉感而不是甜度取胜的水果，比如黄桃，再比如芒果。

芒果真是可爱的水果，外皮质感类似于婴儿的皮肤，细腻里略带点涩滞，饱满的椭圆形最适合握在手中，沉甸甸的，严丝合缝。象牙芒硕大威武，小台芒玲珑体贴。熟得正好的芒果外观完美无瑕；稍稍熟过了一点的芒果，不够美，却香得酽浓，每每靠近水果摊子，不由分说地袭来的那种甜香，多半来自它们。

芒果比桃子还要有肉感，有的柔中带韧，有的甜软到令人不忍，都非常女性化——请女权主义者原谅我，女性的身体原本就比男性的更柔软，且让我想想，男性更像哪种水果。

诗人余光中嗜爱芒果，曾经专门为它作诗一首，"芒果好吃，但不能多吃"，这是来自妻子的告诫，她要他吃梨子。可是他怎么忍得住？"一刀偷偷剖开，触目的隐私赤裸得可怕，但一切已经太迟了，怀着外遇的心情，我一口，向最肥沃处咬下。"

瞧这诗写得多那啥，不过芒果确实像外遇，诱人，又叫人上火。背负了这种传说的，还有荔枝。在这首诗的开头，余光中也说到了它，"荔枝好吃，但不能多吃"，这是来自母亲的叮嘱。妻子反对芒果，母亲反对荔枝，这巧合也有趣，如果说芒果是熟女的诱惑，荔枝就更具少女感。

它绛色的壳更加坚硬，其实更好剥，果肉则晶莹透明，只有少女的皮肤才有那种通透感。《红楼梦》里形容迎春"腮凝新荔，鼻腻鹅脂"，是为了对仗，我觉得有前一句就可以了，鹅脂固然白腻，但新鲜荔枝更水润，更有光泽度。《围城》里说唐晓芙的皮肤好，"新鲜得使人见了忘了口渴又觉嘴馋，仿佛是好水果"，这种水果必然是荔枝，绝不可能是苹果。

有个性的菠萝也许会将芒果、荔枝甚至苹果一概视为"妖艳贱货"，它也香，却让人不敢轻易染指，盖因削皮太难，要交给卖菠萝的人，用一种特别的刀具削好。对于我这种竭力将社交成本压缩到最低的人，就成了一种门槛。在我眼里，菠萝多少有点孤傲，并因此寂寞。

有时实在被那香气诱惑得紧,也会不畏周折地买一只回家,吃的时候总是心生感慨,它汁水丰富,味道不俗。最神奇的是,外层纤维粗硬,嚼起来才知它包裹在粗硬纤维里的软,这叫内柔外刚吗?这种个性在市面上混,会有点吃亏,喜欢的人就会特别喜欢。

现在超市里有了菠萝的升级版——凤梨,据说它们同宗同族,但凤梨的皮很好削,肉质更软,像个随和的千金小姐。还好普通的菠萝相对便宜,市场占有率还是更高一些,但想想,总有点委屈吧。

好像有点对不住这些水果,替它们想出那么多心机。好吧,让我说说我心里最无心无思的水果,那就是橘子。

如果可以对橘子说句话,我要说"海燕,你可长点心吧",从气味到色泽,它都鲜明挑逗,可着劲儿招摇,皮又那么好剥,不懂得什么叫欲迎还拒。想想《诗经》里,人家怀春的少女尚知道保持一点矜持:"舒而脱脱兮,无感我帨兮,无使尨也吠。"难怪在某个段子里,被橙子看不起:"我妈说,太容易脱衣服的都不是好人。"

橙子是不是矫情了点?橘子不过是天真而已,如果你有耐心，在剥掉外皮后，再剥掉带着丝络的那一层，一粒粒果肉美丽地排列，丝绸一般的质地，触之犹如少女的嘴唇，入口似轻到若有若无的舌吻，想起《洛丽塔》的开头："洛——丽——塔：舌间向上，分三步，从上腭往下轻落在牙齿上。洛——丽——塔。"按照这个步骤，你也可以完美地吃掉一瓣橘子。

榴梿算御姐吗？好多人不喜欢它的味道，说"臭臭的"，在我看来，这倒是它的性感之所在。特别性感的事物，都会有一种动物性的不洁感。

比如玛丽莲·梦露代言的"香奈儿N5"，也有人说"臭臭的"，甚至于梦露本人，据说就很邋遢，常常在床上吃东西，房间里乱成一团。我听了并不觉得惊讶。无印良品式的规整，有着文明社会里的距离感和不可犯，所以被称为"性冷淡风"。梦露式的邋遢凌乱，使得你不用对她正襟危坐，动物的原始性呈现出来，一个彼此心照不宣的邀约。当然，尤物才可如此，普通人还是干净利索一点比较好。

扯得远了点，反正，榴梿也是尤物，最妙的是，在我们家，其他人都对它退避三舍，我终于不用克己复礼。那时候，会觉得自己在享用一种理直气壮的私情——尤其是熟透的那种榴梿，甜烂到没有顾忌，让人很想对它说一句："你是榴梿？我怎么看你像潘金莲呢?"——《金瓶梅》里面的潘金莲。

对了,买榴梿一定要买整个的,因为从外观完全看不出到底有多少果肉,称好后交给剥榴梿的人,发现"小身材大容量"时自然愉悦,就算大大的一只里面果肉无多,那点儿失落,也不失为一种不怎么伤筋动骨的情绪动荡,你以榴梿的价钱,获得了赌玉的刺激,真是太划算了。

水果也有走性冷淡风的,比如杨桃和莲雾,通常都不是很甜,甜里也带着点清气,很有气质,像妙玉,但我不喜欢。作为一个重口味的人,我要在水果里品尝到的是千娇百媚风情万种,如果水果也要散发出冲淡之气,那我不如去吃一只莴苣或者萝卜算了。

四湾菜市就是我的诗与远方

A

有天醒得很早,想起四湾菜市,有冲动起床去看看。然而它在老城区,与我居住的新区相距二十多公里,千里迢迢去逛个菜市,好像有点说不过去。

又过了好多天,参加一个活动,离四湾菜市不远。活动结束后,步行前往,在入口处,听见身后有人问摊主:"那个卖阜阳大馍的,每天都来吗?"在黄昏里听到这句话,忽然就有时光回溯之感。

阜阳大馍到处都有,四湾菜市上的这家是大馍里的爱马仕,别处的大馍一块钱两个,它在遥远的1998年,就要四块钱一个。

但是值,个头大,暄软柔韧,最重要的是有个金黄酥脆的底。把大馍掰开,夹上豆芽豆角,再抹一层油辣子,一口咬下去,牙齿切破馍皮,与蜂窝组织里的空气相抵,再探索到豆角豆芽的植物纤维,最后,咔嚓一声,将柔中带刚的全部切断。要咬紧牙关,要果断,才能充分体会分层处质感的差异,牙齿获得的满足感,比味蕾获得的更多。

在别处没有见过这种豪华版大馍,它和四湾,我想起一个,就会想起另一个,想起我一去不回头的年轻时代。

B

1998年10月15号,我从家乡来到省城,做社会新闻记者,暂住朋友家中。报社新人见面会后,一个女孩子主动过来问我,愿不愿意跟她同租,她在附近的拱辰街租了个两室的房子。

看房那天我吓了一跳,楼道墙上一大片疏通管道的"牛皮癣",黑沉沉的,顶天立地,逼出我的密集物体恐惧症来。

当然谈不上物管,没有单元门,连小区大门都没有。

一楼住户的小院里,停了辆早点车,凌晨四五点,便有锅碗瓢

我的便携式生活

盆如钵磬般铿锵敲叩,人声絮絮将我吵醒。倒并不觉讨厌,初来乍到,初次独自生活,住得比在家时要差很多,心中莫名委屈,又有不安如怪兽蹲伺心头,长夜漫漫,危机四伏,这嘈杂证明我活在有序的人间,我渐渐安心地再次入睡。

周末会有收破烂、磨剪刀、换窗纱、修油烟机的吆喝声来接力,拨浪鼓敲得天真轻快,并不能掩饰其下冗杂的现实。

只能视为权宜之计,每天在报社与住处之间来去,然后,我妈来了。我妈是一个热爱生活并且极具探索精神的人,中午我下班回来,她喜滋滋地对我说,你住的这地方真好,旁边有个菜市,拐个弯就到了,菜又多又便宜。

附近的菜市?我怎么没有看到过?我妈就带我去,东边的小巷子一转,一大片熙熙攘攘完整地铺展在眼前。蔬菜,水果,在大塑料盆里奄奄一息或是突然拼死一搏溅出水花的鱼虾,笼中鸡鸭和鸽子,金黄的油炸带鱼、雪白的鹌鹑蛋、切得格外整齐的年糕和而不同地摆放在一起,面点铺子上蒸出袅袅白雾,将这一切,点染得恍恍惚惚。

我妈说,你下班就拐一趟,买把青菜,洗洗炒两下,煎个带鱼,做个米饭,费你啥事?比你吃方便面跟盒饭健康多了。

我一笑置之,盒饭和方便面虽然不够健康,却有种在路上的洒脱,况且,我三不五时还跟同事抬石头下个小饭馆,就着物美价廉的毛豆炸酱或是土豆烧牛肉,谈笑风生,挥斥方遒,畅谈天下大事或大势,畅想我们的报纸虽然是新生儿,却将艳压群雄,那种感觉,岂是围着围裙买烧汰所能比的?

我妈一回去,我就忘了有那么个四湾菜市。

C

爱上菜市场,是在恋爱之后。似乎没有任何过渡,很自然的,就想以"我来给你做顿饭吧"来表情达意。拖了某人的手,在菜市上寻找最完美的食材。

强大的四湾菜市让我很快得偿所愿。像精心写一篇文章那样,处理烧制过程中的每一个起承转合,中间不断试吃,唯恐火候不够恰好,那种谨慎、认真,视为对往后的岁月的祝福也可以,即便不免进入庸常时日,也会以匠人精神去经营。

后来还兴致勃勃地做过更多尝试,有成功也有失败,我将失败看作成功之母,要求某人把这母子俩都欣然咽下。有多少女孩,在生活开启之前,都如我这般,有过宏大的信念、各种灵光一闪乃至异想天开的创意,我们以为这就是生活,它可以不像传说中那样令人厌倦。

但渐渐地,败笔越来越多,套路一再出现,真相暴露出来,做饭不再是一个游戏,或是一个行为艺术,我重新看山是山看水是水地得知,做饭的属性,叫作"家务"。

在彻底看清它的本质之前,我结婚了,搬到城市北部的一个小套房里,去另外一个菜市。也许是这离开,使得四湾菜市,在我心里保留了比较美好的印象。

D

之后的时光顺流而下,逛菜市成了我的日常,有些事物,是你越接触就越讨厌的,有些,则是越接触越欢喜,还有些,是爱恨交加,菜市,对于我而言,属于最后一种。

有时我讨厌菜市上千篇一律的摆放,四季青西红柿和辣椒,像钉子户一样长年累月地驻扎;讨厌那浑浊的气味、血腥的场面,尤其是家禽和水产区;我更讨厌在并没有买菜的兴趣与激情时,却因家中冰箱空空而外卖还没普及不得不只身前往,若是外面再刮个风下个雨什么的,简直会产生一种宿命感。

与其同时,在某些春和景明的时刻,逛菜市于我,又有着非同寻常的治愈能力。首先它让我觉得生活是可控的。

生活大部分时候都没那么可控,比如隔上几年出现一次的抢房季,到处是房价飞涨的消息,星星之火可以燎原,要从火灾现场赶紧抢点什么出来啊!买不到的和买不起的,在暗夜里聆听远处的消息,同时感到自己那点小钱正在缩水,自己比一分钟前又穷了一点。

而在菜市上你是笃定的,即使有"蒜你狠""姜你军"这种突发性的飞涨,恩格尔系数不是提高了嘛,三块钱可以买一把青菜,五块钱可以买好几个土豆,一小块鸡胸肉只要六七块,摊主还送一把小葱,搞定有荤有素还有汤的一餐,二十块钱足够了。

那种有滋有味的笃定,把风雨推远,把"火灾"推远,买到一块好豆腐的满足感,未必就弱于在房市上赚到几十万。

其次,城市生活越来越固化,这种固化指的不是阶层的无法变更,而是每一天的大同小异。香樟树偶尔开花,冬青树永远是凝固的绿,小区里的草不过是青或黄两种颜色,花开花落都像是

我的便携式生活

物业按照时序安排好了似的。

菜市上却有太多意外，榆钱、香椿、槐花，标示出春天的不同层次；蚕豆米的出现，让我知道夏日已经不远了。有次还看到有人卖育好的黄瓜秧子，我很想买回去，种在大花盆里，手里拎的东西太多，就算了。

《日瓦戈医生》里说，每个俄罗斯人都是农民，每个中国人骨子里又何尝不是？菜市是乡村开在城市里的窗口，人踏入菜市，就像站在一个被抽象化了的大田野上，不由自主，要随时序而动。

腊月底有几天，我没什么事儿就要去菜市走走。家里人说，菜都买齐了。我说，我去看人。

我喜欢看腊月底菜市上的人，节制感被打破，人人都乐于挥霍，那种放恣也许根源于对匮乏的记忆，但是以匮乏铺底的放恣确实更快乐。

除夕前一天，人气突然跌到谷底，许多摊位蒙上了塑料布，按兵不动的那几个，勾兑不开整体的冷清，可这冷清，也像是给热闹描了个边，让热闹更加鲜明。热闹化整为零，融进千家万户。

旁观者心态太足,我没能历练成火眼金睛的买家,可生涩也能获得奖赏。有次,我一如往常地朝摊主扔过来的塑料袋开口处哈一口气再揉开时,那个女摊贩看着我,笑了,说:"你真可爱啊。"她另外送了我一把香菜。

E

我在对菜市的感情有所增加之后,才听到了"吃在四湾"的说法,原来那个"大馍里的爱马仕",并不是无缘无故地出现在那里的。而我自己也到了总觉得"过去的事就是美好的事"的年龄,两者风云际会,使得我在那样一个早晨,动念想要前往。

时隔多年,再次站在四湾菜市的入口,不知道是不是生活磨炼了我的承受力,它比我印象里要整洁得多。不像其他菜市,主体都在室内,它所有的摊点,都半露天地,摆在巷子里。巷口还有一块大石,刻着"四湾菜市"四个字,让它看起来更像一个旅游景点。

我抱着游客似的心态,游走其中,不见当年的大馍,但四湾菜市依旧卧虎藏龙,水产品摊位上,甚至有龙虾和象鼻蚌,蒙城膪汤在这里开了个像模像样的铺子,那家卖半成品臭鳜鱼的摊位,于我是个惊喜的发现,我娃酷爱吃臭鳜鱼,我又不能天天带他去徽

菜馆。

最好看的，还是人。出现在巷子里的人，大多上了年纪，说话和气，走路不疾不徐。就是我这种紧张体质的人，也敢蹲下来，问问老板这是什么。对方极有耐心地回答，那种耐心，当是天长日久地守在一处，摸清了地方和人的脾气，在极富安全感的情况下，蓄养出来的。

巷子中间有个豁口，向东就是逍遥津后门，一树桃花恰到好处地种在那里，夕阳打在上面，明艳得极其安详。忽然生出了归隐之心，这样一个地方，不适合初来，却适合终老，世俗让它更方便，无争让它慢节奏，若是在旁边置办一个小房子，每天在菜市上逛逛，回家认认真真地烧制，会不会比住在豪宅里，逛楼下高大上的超市，更接地气？

可惜，此地离单位太远，停车估计也不方便，主要是一时半会还歇不下来，暂且在心里存着这么一个所在，照亮遥远的夕阳红，也算是我的诗与远方吧。

"千万别买"清单

昨天我抽了个空,把手机上所有购物APP一一打开,不是为了买东西,而是算算这一年,我花了多少冤枉钱。

首先是那个VR眼镜,一开始我听说戴上它眼前就会出现一个200平方米的大屏幕,但除了刚到手的那几天,我几乎很少用它。

原因有三个:第一,使用它的仪式感过强,需要打开电源,架到脸上,在黑暗中调试焦距和声音,如果不是一个真正的电影迷,很容易视其为畏途;第二,那个大屏幕也不是凭空就能出现的,还需要动用想象力,感觉有点儿像信仰了;第三,它不适合大脸女人,尤其是脸上肉多的女人,总是把肉向下挤压,让法令纹变得更加深刻。

类似于这种花了大笔银子,却没有派上什么用场的,还有悬挂式熨烫机、某大牌吸尘器、几个轻奢型包包。现在这些东西深藏于家中的某些角落,悠闲寂寞得如同古代失意的嫔妃。

我反省自己那些脑子进水的时刻,发现我购买的东西固然五花八门,却多是接受了某种暗示的结果。

还说这个VR眼镜,我是在微博上看到某位大V的推荐。这位大V是我最羡慕的那类人,倒不见得多成功多有钱,而是他非常善于及时行乐,喜欢音乐,热爱科幻,对各种VR设备尤其有研究,我买的,正是他推荐的那个品牌,他倒也不是为了做广告。

那些熨烫机、吸尘器,则是一些生活类公众号图文并茂地推荐给我的。有些图片很美丽,洁净得近乎性冷淡的房间,熨烫得极其整齐因此也很性冷淡的衣服,有些图片则很恐怖,向我展示了没有使用该产品的房间里,有着怎样场面壮观的螨虫。

包包的情况也差不多,是看了几个时尚号口吐莲花的结果。我把这所有情况加一块,不难得出结论:我买这些东西,并不是我需要它们,而是我将这些东西视为靠近理想生活的密码,以为通过它们,就能让自己变得更快乐、更整洁也更时尚。

这可能是发达的网络带来的副产品。在过去,我们往往是站在一样东西面前做决定的,那么一样东西就是它本身,虽然也免不了受广告的影响,但是当我们站在那样东西面前时,广告的影响会在比较远的地方;而现在,网络发达,使我们是拿着手机购物的,这就让我们产生许多幻觉,并在这种幻觉中行差踏错。

比如说,微博与公众号会让我们以为,我们离那些更"高级"的生活很近。那些被众人仰慕的人,每天在微博上跟大家插科打诨,那些戴着光环的公号主,即使不更新,也会在固定时间里向人们问安。世界大同,世界是平的,你离更加优质高级的生活看似只有一步之遥,那么这一步是什么?他们的微博或公众号上提供的那些品牌——未必就是广告,就成了特意留给你的后门。

于是你在网上下单,以为离你想要的生活更近了一点,你未尝不知道,你和那些"成功人士"之间相差的是才华、努力或者干脆就是一个好爹,但是这真相太让人绝望了。

如果幻觉能够解决问题,那么花上这么一笔钱是值得的,问题是,幻觉往往只存在于下单的那一瞬,顷刻之后,你会发现,消费并没有神奇的魔力。拥有了那些东西,你的生活一如既往地平淡凌乱甚至贫乏,改变自己的生活,还是需要全身心地努力,消费,并非一条能让人一蹴而就的捷径。

最奢侈的消费方式是买"我高兴"

小时候我家住在单位大院,好处是互相有个照应,坏处是,生活被熟人尽收眼底,免不了被打量、比较、品评。

比如我家隔壁的李姨,经常被邻居们挂在嘴边。倒不是她有多特别,她看上去非常普通,个头不高,皮肤微黑,头发总是乱乱地扎在脑后,衣服也都是灰色调的,骑一辆破旧的自行车来来去去,是最容易被淹没在人海里的那一类。

正因为她如此寻常,她的生活方式,不,应该说消费方式才让诸位高邻觉得碍眼:她看上去不像个有钱人,也不像一个大手大脚的人,为什么她花钱那么道三不着两的呢?

比如她有一天下班回来,车篮子里躺着一只弯弯的金黄色的水果,别说孩子们好奇,大人见了都问这是什么。李姨解释说是一种热带水果,叫香蕉,又要掰给我们尝尝。我们当时虽然年幼无知,也知道不能轻易接受贵重物品,忙不迭地闪开了。

然后就见李姨的女儿小雨,拿着香蕉出现在门口。在一群小孩的围观下,她很奢侈地剥下外皮,细微的香甜进入我的嗅觉,之后好多年,我都觉得香蕉的香味很有高级感。

初见桂圆也是在李姨家,我分享了一个,桂圆的味道没有多特别,但那个乌溜溜的核多好看啊,像个宝物,我觉得它应该被珍重对待。

螃蟹下来的时候,他们家就吃螃蟹,那会儿还不流行大闸蟹,就是很小的河蟹。在我奶奶看来,没有比吃这种没什么肉的河蟹更不划算的事了,她总是叹息着:就是吃它一个命啊,哪抵吃肉呢?

他们家在饮食方面的投入,引起整个大院的诧异、窃笑与非议。我们大院里的人没这么过日子的,显得太好吃不说,最后连个响声也听不到。我们大院的人,更愿意把钱攒起来买家用电器,谁家是大院里第一个买电视机的,谁家是第一个买冰箱的,谁家是第一个买洗衣机的,全大院的人心里都有本清账。把钱花在

这上面，多有面子。

李姨家没有这些电器，连个像样的家具也没有，也不完全是因为李姨太败家，她丈夫也不是个过日子的人。

她丈夫我们喊作张叔，在我们大院的男人里，也是个非典型。印象中他是个电工，大人们说他的收入也还可以，但他却不给李姨一分钱家用。弄点钱，他就去街上小饭店里叫俩凉菜，喝个小酒，能拎一包卤菜回家，就算他有心了。而李姨对此不管不问，一家三口同框时，还是一派其乐融融。

这样两个人，自然过得家徒四壁，大人提起来都摇头，觉得他们的日子太失控。我们小孩，却一直有点羡慕小雨。

我们都上小学之后，小雨成绩一般，我的成绩也一般，但我爸妈明显比李姨着急多了。尤其是暑假刚开始那几天，大家坐在巷口那户人家的竹榻上乘凉时，总有人主动谈起自家孩子的成绩，其他人一边啧啧赞叹，一边分出余暇来，含嗔带怨地瞥上自家孩子一眼。我妈还会额外加码，伸手推我一下，我从那力道里感觉到我妈内心的失衡。

李姨则不同，她只是笑笑，还不是强颜欢笑那种笑，是打心眼里不当一回事,她的这种淡然无疑令那些成绩优秀的孩子的家长扫兴。李姨走后,我听到她们对她深切的同情:"找个男人是那样,小孩小孩又是这样,她这命真不好。"

之后我们陆续都搬离了那个大院,我不再听到和李姨有关的消息。她的形象重新浮现于眼前,是在十几年以后了。有一天,我爸说,你知道吗?小雨现在跟她对象一块儿卖牛肉汤呢。

我听了很是吃惊,李姨怎么着也是个文化人,小雨小时候就很喜欢《红楼梦》,能背下里面整套的诗词,她成绩是不好,但也不至于成为彻底的体力劳动者啊。我爸解释说,小雨后来上了技校,认识了一个男同学,俩人毕业后都找不到工作,正好男的家里是卖牛肉汤的,俩人干脆就帮家里做生意去了。

我爸的叙述让我悚然,倒不是我过得有多好,但小雨这是典型的"生活下降者",我觉得这跟当年李姨的漫不经心有关。

我有点想去小雨的铺子看看,又心存顾忌,怕小雨介意发小看到她的"落魄"。

又过了几年,我爸对我说,你可知道,小雨家的牛肉汤,已经风靡全城了。连外地人都大老远地开车过来,只为喝她家一碗牛

肉汤。她家开了好几家连锁店了。

我首先替小雨感到高兴,随口开玩笑说,看来能背得下整套《红楼》诗词的人,卖牛肉汤都能比别人更有前途。说完,觉得哪里有些不对,我不是已经不再是一个以成败得失论人生的人了吗?为何关于小雨的所有想象,仍然是以成功与否为基础?

换一个思路,还原小雨这一路,应该是一种如李姨那般随性的态度啊。"行到水穷处,坐看云起时。"当年李姨的消费方式,正是王维这两句诗的具体体现。

相对于其他人总是把钱花在"让别人羡慕"的地方,她的钱,总是花在"让自己高兴"的地方,比如那些香蕉和桂圆,比如和谐自在不紧绷的家庭气氛。她只用自己的感官去体验,对他人的评论没有预期,便也没了贫穷感——在饱暖之后,穷与富,就不完全和金钱的多少有关,更多的是一种心理感受。

我曾见年入数百万的人,被贫穷感一路追击,张皇失措,不知所往;也有李姨这样的人,心安理得,怡然自足,谈不上富有,但绝对不贫穷。她是结结实实地"把钱都花在了自己身上",别人买东买西,她只买一个"我高兴",这才是真正奢侈的消费方式。

而这一生也是我们偶尔到手的一笔钱,有人精打细算,想要买房置地做投资,成就一份家业,有人不算计机会成本,只求活个高兴,即便千金散尽,总是敞开高兴过,也不能说就不划算。每一个人的选择,都自有其缘故,哪有什么标准答案?但有一个李姨这样的样本在那里,多少能让人不那么焦虑。

她知道一百种让食物更美味的办法

  我曾从一个北方城市坐火车去成都,对面是一个年轻人,火车开动之前,他一直微笑地注视着窗外的月台,那里,站着一个姑娘,以同样的微笑,与他对望。

  他们不时轻轻挥手,依依不舍,但并不特别伤感,似乎他们之间有一种默契的笃定,知道分离有时,但终究,会永远在一起。

  火车终于移动,年轻人将目光撤回到现实,与我们木然对坐,只是眼神里略有点羞涩。他旁边的中年男人感兴趣地看着他,说,你对象?年轻人"嗯"了一声。中年男人说,你是哪里人?年轻人答,四川。中年男人将大腿一拍,说,四川男人脑子进水了才会找别处的女人,四川女人多好,别处的女人怎么比?刚才还情意绵绵的年轻人,似乎也被这不容置疑的口气打动了,他听得入了神,眼神也渐渐茫然。

这话当然政治上超级不正确,我们可以写五千字批判他,但是,不正确的说法里,常常有着微妙的真相,我那一路常常想,四川女人到底好在哪里?

官方的说法是,能干、勤快、爱干净,再加一个漂亮,但我每次听到这种表彰,总觉得哪里不对,认识了右耳之后,终于明白,四川女人还有一种独特的魔力,她们知道一百种可以让食物更美味的办法,并从这种智慧里获得不足为外人道的快乐。

所以,右耳的这本《想找的人不在》——容我吐一下槽,这个标题完全没有体现本书的精髓啊,好像是一些情感随笔似的——其实是一本魔法书,几乎每一篇,它都详详细细地告诉你,如何将食材化普通为神奇,让它们的美味最大化地呈现。

比如说,她写到,有次吃到特别细嫩的豆瓣鱼,人家告诉她,秘诀在于,这家处理鱼的方式不是清蒸,而是过水,"一斤多重的草鱼放进高汤,控制火势,保持高汤温度在 80 度至 90 度之间把鱼煨熟。再捞出来淋上豆瓣酱和泡椒炒制的调料"。

说得很详细,要是我,也就信了,信完,也就算了。但深谙食

材特点的右耳立即像个福尔摩斯一样疑惑起来,低温加热固然可以保持鱼肉细嫩,但如何去除草鱼的腥气呢?答案最后揭晓,原来,高汤里加了醪糟也就是酒酿,酒酿可以除腥。

右耳真是食材的知己,我们嘴里的"好吃"二字,在她笔下,幻化为各种食材的不期而遇,在合适的温度、湿度里,从各行其是到你中有我,最后完成一场美轮美奂的倾城之恋。

从她笔下,我才第一次知道,川菜原来有二十四味型,宫保鸡丁属于"糊辣荔枝味"。这五个字,放在一起,勾兑出万千滋味。

辣不是简单粗暴的辣,微微有点煳,辣度减弱,却多了些烟火的香;甜也不是傻大姐似的甜,是荔枝味儿的甜。如此一来,在甜和辣的基础上,又衍生出许多滋味,像香水被调出前调、中调与后调,固然丰富,却也差之毫厘,谬以千里。

右耳因此专门去一家名为"成都映象"的店去拜师学艺,2014年夏天,德国总理默克尔访华时,也曾来此学做宫保鸡丁。

来头如此之大,功夫也自然不同寻常,听听这步骤吧:"油酥花生时,油温需控制在三成热时下锅;鸡肉的前期炒制,又需将油温控制在五成热;而最后的急火快炒阶段,油温又将相应地增高……"总是一股脑儿将所有材料全下锅的我,看到这里,真心实意地感到,长期以来,我做的都是假的宫保鸡丁。

这还不算完,以油酥花生为例,并不是记住三成油温就行了,还要"开小火慢慢用锅铲推动花生,当听见锅里传出爆裂声时,'请在心里数七秒,就可以出锅'",我看到这句时正躺在床上,恨不得立即下床到厨房里打开炉灶,看看念过七秒咒语之后,会诞生怎样神奇的油酥花生。

最让我产生急迫的行动力的,还是看到右耳写如何制作红油。我一直觉得,红油是各种面、粉、凉菜的灵魂,是画龙点睛的那个"睛",万事俱备只欠东风的那个"东风"。虽然认识的高度足够,但我自己却屡试屡败,要么煳,要么不入味,有时倒也差强人意,辣味是有了,也没煳,但就是没有上品红油该有的万种风情。

看了右耳的文章才知道,我还是把制作红油这个事儿想得太简单了,一碗上品红油,岂是随随便便就能做出来的?

油必须是菜籽油,还要加入洋葱、大葱、生姜、芹菜、香菜,熬出香味复杂的熟油。

辣椒粉则需要三种辣椒互相调和,四川二荆条负责香,河南辣椒保证色泽艳丽,云南小米椒增添辣度。"三种干辣椒淋上菜籽油小火慢炒,直至互相碰撞发出清脆的声响,颜色也较之前略深时,关火凉凉臼成粉。辣椒粉需手工臼成中等粗细,只有石臼与石棍的反复撞击,才能激发出辣椒皮的黏性,使其变得饱满丰盈。这样做出来的红油,辣味和香味柔和醇厚,是机器研磨的辣椒粉无法比拟的。"

看完这一段,我觉得我需要赶紧打开大淘宝,二荆条、河南辣椒、云南小米椒都来点儿,对了,不要忘了买一套石臼和石棍。

在右耳笔下,一道美味的成型,是感性与理性结合使然,感性告诉你什么样最好吃,理性告诉你,实现这种好吃,需要哪些步骤。又是和情商与智商通力合作的结果,智商指认方向,情商负责慢工出细活。

不过,我们的味蕾完全是物理性的吗?起码右耳不这样认为,让食物更有滋味的,不只是食材的风云际会,还有人和人的相遇和相望于江湖,右耳和三水姬以水煮鱼为媒介的相识相知,读来让人莞尔。

三水姬也是四川人,看到右耳的美食文章,就嚷嚷着要把她

"叫出来会会",这一会,就会在了三水姬家的餐桌上。三水姬捧出自制的香水鱼,好评如潮,唯有右耳不语。众人都问三水姬这鱼是怎么做的,三水姬慢悠悠地说,简单,买一包现成的料照着说明做就是。

其实右耳第一口就吃出这是半成品,还知道是用哪家作料做的,听三水姬这么一说,好感度噌噌上涨:"这人看起来像个妖精,但说话爽快,性情耿直,很投脾气,这个朋友算是交下了。"

你能想象,一道水煮鱼能吃出这九曲回肠万千心结两万五千里的内心戏吗?四川女人毕竟是四川女人。

不过全书最让人动容的,还是跟书名同题的《想找的人不在》,讲的却是上海故事。孤独的上海老妇人,默默地于细微处照顾这个萍水相逢的四川姑娘,故事很长,这里就不剧透了,我想说的是,在这篇温情脉脉的文章里,右耳特地提到老妇人独自煮着黄鱼面。

这个细节在故事里一点都不重要,但是,很奇怪,我们常常就是通过这些不相干的小细节,找到走回过去的路,我们以为早已遗忘的感觉,味蕾都替我们封存着,当我们予食物以温柔眼光,食物也会反馈给我们不一样的味道。

辣椒负责辣,花椒负责麻,时间与温情,负责催人泪下,在这本书里,右耳把一个四川女子所知道的,所有让食物变得更美味的秘密全都告诉了你。

你有没有收集过梅花上的雪

我十二三岁那年,电视上在播一九八七年版的《红楼梦》,我和我的女同学们,正是为赋新词强说愁的年纪,简直是如醉如痴啊,套用胡兰成的话就是,但凡有一样东西与它有关,便成其为好。

学校门口的小摊上能买到金陵十二钗的贴画和明信片,我们总是把最喜欢的人物送给最好的朋友。有一次,我送了某同学一张黛玉的明信片,她回了我一张巧姐的,那种谬托知己、投桃而不被报李的失落,我现在还记得。

我们感兴趣的,不只是剧中人的音容笑貌,还有她们的生活方式,比如妙玉收了梅花上的雪,煮水给宝玉、黛玉他们喝,黛玉问她是不是雨水,妙玉就冷笑一声说,你这么个人,竟是个大俗

人,连水也尝不出来,隔年蠲的雨水哪有这样轻浮?如何吃得?

作为一个黛粉,我当时真被妙玉的"刻奇"给气坏了,但同时也好奇,这梅花上的雪,味道真的很特别吗?我能不能尝出来?可是,那时候雪不难找,承载它的梅花何处寻?院子里有块空地,乱七八糟地堆了许多杂物,我总撺掇我爸妈收拾了种梅树,后来,那块地还真被收拾出来了,我爸妈在上面盖了个小房子。

我只好另外打主意,我爸单位离我家不远,种着些松柏和冬青之类,有一年雪下得特别大,压弯了松柏的枝干,我缩着脖子,去收上面的雪,放在搪瓷缸子里,看着它慢慢融化。竟然出现一层渣滓,大概是松树上攒下的尘土。我一时不确定能不能喝,抿了一点,根本没什么特别的。

我还好奇王熙凤夹给刘姥姥的那茄鲞,王熙凤详细地介绍了制作过程,程序复杂,配料名贵,让人叹为观止。

我不敢求我妈如法炮制,心知一定会挨骂,连我自己也觉得好神经。很多年之后,我听说有比我更狂热也更有实力的红迷,完成了我未竟的心愿,那味道,却是一言难尽。不知道是曹公的口味不同寻常,还是他顺口胡诌的,没想到真有按图索骥的痴人。

后来我看女作家潘向黎的《清水白菜》,写到一个女孩子是村上春树的超级粉丝,按里面的菜谱做东西给情人吃,情人难以下咽之余,想起了自己那能把清水白菜汤都炮制得风情万种的发妻。

我们那一代人,没有手办,也没有cosplay服装,当我们想进入我们热爱的世界时,只能借助这一蔬一饭。

但是一切也在变化中。二十世纪九十年代末,一部《还珠格格》风靡万众,有一次我出去采访,采访对象说着话,开始心神不宁,说,对不起,我要回去看《还珠格格》的大结局了。

电视剧是结束了,余热久久地久久地不退,我家乡的一个朋友,跑到省城来看我,满大街地寻找"还珠格格戴的那种帽子",她女儿要,后来我知道她说的是旗头。

我陪她来到城隍庙,看到漫山遍野的旗头,还有香妃戴的那种垂着珍珠流苏的头冠,以及各种各样大红的粉红的白色的貌似丝绸其实是涤纶的旗装。我一边骇笑,一边也不无惆怅地想,如果《红楼梦》搁今天放,城隍庙会出现黛玉同款吗?是不是有点矫揉造作,但有时,矫揉造作,更能表达心中的热情,那是通向神奇世界的方便法门。

又过了许多年,我有了孩子,看着娃从小婴儿逐渐成长为小

少年的过程,我才发现,周边竟是那样一个大世界。

娃小时候喜欢看一个动画片,名叫《托马斯和他的朋友们》,有天我下班回家,他口齿含糊地说,他要"扎姆"。我再三辨别,发现他跟我说的是"詹姆士",是一台美丽能干但同时也很自负的小火车。

这是我娃主动索要的第一个玩具,我开心地上网帮他搜,居然有铝合金小火车全套,我帮他买了詹姆士,又买了托马斯、亨利、高更等等。打开包裹时,娃高兴得发了狂,之后的日子里,就总见他无休止地将小火车们列队,帮它们排演剧情,口中念念有词,如入无人之境。

随着他的成长,我还给他买过大白的帽子,把帽子上的拉链拉上就能变成个头盔的超人服装,后来他自己学会了网购,买过蜘蛛侠的马克杯、美国队长的手机壳……这些衍生品点染了他的生活,他的小世界,忽然间就有了不同的光彩。

这或者就是衍生品的迷人之处,它们有时候是日用品,有时候是个玩具,但它周身弥漫着某种故事感,能够瞬间将你牵引到超越日常的世界,让生活有许多种时空,让我们把一辈子活成许多种可能,让我们有梦可以做。

过不下去时，也许真正的生活就开始了

许多年前我尝试着写小说，一开始写得很顺当，一日数千字，常有"春风得意马蹄疾，一日看尽长安花"的快意。但突然，就写不下去了，怎么着都不对，我有点苦恼，跟一位作家老师请教，他说，不用怕，写不下去的时候，也许就是最精彩的部分要来了。

他的话让我稳住神，继续跟我的小说磕，后来我发现，他说的是有道理的，待我艰难地爬过了那个坡，眼前豁然开朗，有无限风光。较之于前面那些都被写出了速度感的文字，那个艰难的转折处，的确更为精彩。

这其实不难理解，前面写得轻松，是因为自有套路，闭着眼睛朝前走都可以。写不下去，是套路走不下去了，你单枪匹马，短兵相接，你必须认真地面对眼前的一切，全力以赴，自然有精彩出

现，到了写不下去时，我们才能与写作性命相见。

不免想到现实里去，这半生虽然过得还算平顺，但也有几个感觉过不下去的时刻。

一个是我小学五六年级时，成绩差，被老师讨厌，爸妈也不喜欢，鬼憎神厌谈不上，动辄得咎是有的。最后休了学，来到乡下，等于得到了一个间隔年，在乡村冬去春来草长莺飞的变幻里，在稼穑桑麻到飞短流长的滋养中，在无所事事因此得以海量阅读中，我像是更换了一次内循环，从此走上了写作道路。

第二次是从作家班回到小城时，找不到工作，处处碰壁，小城是要讲人脉的，虽然我爸当时也有个小职务，但他平时不喜欢应酬，和人通常只是点头之交，到不了别人为他仗义一把的份上。有段日子，他总是一边感叹世故人心，一边自责没本事。

那时我也有点被吓住了，可能因为我是一个悲观主义者，遇到点事儿，就会浮想联翩地推而广之。我担心自己永远也找不到一个像样的工作，沦落到社会最底层。

我家当然也算不得上层，但我小时候，每天上学都要经过一条小巷子，巷子一边是围墙，一边是一排低矮的阳光照不进去的房间,住在那里的人,过得都不怎么样。其中有一对夫妻,是清洁工,两口子都特别矮小,有一个女儿,眼睛大,眉毛和睫毛都很浓,小脸永远脏兮兮的,看上去像是一个破旧的娃娃,他们一家三口给我留下深刻的印象,说是童年阴影也不为过。

我不是一个高尚的人,做不到"居陋巷"而不改其乐。在我的意识里,贫穷会让人非常不安全,如果找不到一个说得过去的工作,就是开启了滑向贫穷的通道。

那段时间,我总是睡不着,思量千百遍,也知道没有别的路,只有写作能救我。当时我暂时在某公司打工,除了端茶倒水,大多数时间是空闲的,我趴在桌上写稿,投给省城某报,发了三四篇之后,我得到机缘,来到省城,又因各种机缘,得以进入省城新创办的某报。

我很难不感到庆幸,如果之前我能够借我爸的荫庇,进入某个单位从临时工做起,我可能就会一心一意地对付那里的日子了,就不会去省城了,也得不到这些机缘了。

我不是说在小城就不好,但在小城里等临时工转正的日子真的不好熬,逢年过节送礼,打听编制何时解冻,竖起耳朵聆听每一点风吹草动,最要命的是,我知道许多人等了很久,最终也没有入编。

所以当时全家都欢天喜地的，只有我妈冷峭地说，现在高兴成这样，将来还不知道会怎样呢。

全家都批评她煞风景，却被她不幸而言中，在那家报社工作一年后，因为一件小事，我不得不离开。当时正好赶上冬天，一个人待在出租屋里，不知道何去何从。难道还回小城？我离开时曾发誓，死在外面都不回去，何况回去依旧无路可走。

最后，在前同事的撺掇下，我鼓足勇气去投奔现在的报社。报社接收了我，只是一时还没有我的位置，让我先去某业务部门过渡一下。

我向来不善于跟人打交道，在业务部门肯定是混不下去的，虽然领导是说将来让我当编辑，但我都说了我是悲观主义者，不免要想到，万一将来转不成，我该怎么办？

还是只有继续认真写作。强调认真，是因为我在之前的那家报社，以为只要把工作任务完成即可，写作上放松了许多。而现在，路还长着，我还在路上呢，这项手艺，真的丢不得。正是这一系列的不如意，让我从不敢荒废时日，虽然成绩一般，但起码不再慌张。

和女友聊天,发现很多人都曾有那么几回觉得过不下去的经历。有个女友,十多年前惨遭婚变,突然就没了老公,没了钱,只有一个孩子,和生过孩子之后一直没减下去的赘肉。那段时间,她常常躲在角落里发呆,感觉天都快塌了,她现在挺喜欢回忆这段经历,我觉得正是因此,这既是她人生里最坏的时刻,也是变好的开始。

就在最坏的时刻,她不得已地开始了她的事业,到现在,她做得非常好了。这很正常,因为不敢松懈,我们弓紧脊背,奋力前行,这一定比靠天吃饭得到的更多。听上去似乎有点鸡汤,但孟子都说了,生于忧患,死于安乐,这的确是经得起实践检验的真理。

第二辑　尿人的生活意见

去办事,怎样不看人脸色

前几天去某区地税局交税,工作人员态度出乎意料地好。客客气气地帮着整理材料,客客气气地指出签名的地方,最后还很有耐心地指点下一步去哪里以及怎么走。

我顿时觉得今天运气不错,遇到好人了,偷看了下别的几个窗口,也都不坏,估计他们有个对工作有要求的领导,来这儿办事不用事先看皇历。

在其他地方可不行。这几个月,各种事儿凑到一起,我三天两头要来这类窗口。一开始我无知无畏,以为不过是走流程而已,不用讨价还价,又是跟政府机关打交道,不怕上当受骗,刷手机的间隙把字签了就行了,后来才发现,跑这些窗口,是要智商情商一起上的。

最初我完全是拿情商来扛，比如说听到窗口那边厉声呵斥，默默地告诉自己，没什么大不了的，不是风动，不是幡动，而是你的心在动；比如说硬着头皮，微笑着迎向对方那一脸的不耐烦，询问注意事项，否则一个不小心，就得再来一次。这地方，眼前这人，一期一会可矣。

几番下来，疲惫不堪，想起一个熟人当年买同事的房子，俩人谈好了价钱，又是一次性付款，大可以私下交易，他还是花了几千块，请了个中介。怕手续烦琐是其一，其二是："你知道那些机关窗口的脸色有多难看吗？请个中介，人家就帮你挡在前面了，替你受气，替你赔笑脸，这钱，我觉得花得挺值。"

我这个朋友是个生意人，这么多年来在商界跌爬滚打，什么人没见过？居然会被窗口工作人员吓成这样，区区如我，自以为能扛得下来，未免不自量力。

可是我要跑的这些流程，还没法请中介代劳，情商逐渐撑不住时，智商上场了。许多回合下来，我发现，虽然窗口人员态度普遍不咋样，也还是有差别的，远程识别窗口人员脾气的大小，应该成为求生必备之技能。

当你进入办事大厅,别着急排队,可以先将工作人员打量一下。可能你要说,打量也没用,如今办事要先取号,天知道会落谁手里。那也还是观察一下比较好,起码做到知己知彼。

首先看年龄。我个人的经验是,脾气和年龄是成正比的。我遇到的中年工作人员态度无一例外地比年轻人凶。年轻人最多爱理不理,中年人一个不顺眼,分分钟雷霆万钧,令你肝胆俱寒。这一点不受性别影响,中年男人和中年女人体内积蓄的风暴差不多同样多。

想想也不奇怪,虽然年轻人难免被买房择偶这类事困扰,铺展在他们面前的,到底是一个崭新的有指望的世界,未知的空茫里隐藏着无数可能,他们就算毛躁点,却也不会像压力重重的中年人那样,随时打算爆炸。

有个说法是,胖子都是好脾气,这种刻板印象在窗口前也被颠覆了,我屡次看到壮硕的工作人员呵斥办事者的时候,明显有着更加强大的能量。尤其难忘一个黑而壮的中年男人,他忽然就把茶杯往桌子上一掼,叉着腰,中气十足地怒吼起来,而那个小青年向他咨询的,不过是他们几点下班而已。我只能理解成他在发火这件事上,从不惜力,没有一定的肺活量,还真做不到。

我的便携式生活

纤瘦的工作人员，也有让你刮目相看的时刻，但通常说来，他们和年轻人一样，都比较内敛和高冷，只要做好被他们漠视的心理准备，倒也没什么好担忧的。

但不要对着装风格做任何臆测。有一次我排队，看到里面的工作人员穿着一件粉红外套，心中一喜，以前看过一段话，说："我文身、抽烟、喝酒、说脏话，但我知道我是好姑娘。真正的碧池喜欢装无辜、装清纯、喜欢害羞、喜欢穿粉色衣服……"我反对这说法，却也受其影响，认为爱穿粉红色衣服的人，相对来说和善一点，即便是伪善。

等我排到前面，又发现，柜台上的工牌印着她的照片，笑得温柔里带着一点点腼腆，仿佛印证了我的推测。然而，事实很快嘲笑了我，粉色衣服下面，同样可以藏着一颗易燃易爆的灵魂。

你的任何一点迟疑，都会将她激怒。而她愤怒的方式多种多样，厉声呵斥之外，还包括忽然站起来，端着茶杯背对你，让你无法不深刻反省，你到底做了什么，让一个窗口后面的工作人员如此感性。

回去的路上，我一直在想，一个爱穿粉色衣服，会对着镜头羞涩地微笑的人，为啥脾气也这么火爆，后来我想，也许粉色衣服和羞涩笑容,都是面向想象中的"群众"的。领导可能无数次地要求他们要有服务群众意识,传说中群众也极具威力。可是,当群众具象为站在窗口前可怜巴巴地看他们脸色面带谄媚的笑容的个体时,再那么小心就有点滑稽了。

那么穿大红衣服的怎么样呢?有次,我去某处办事,去得早,没什么人,我一眼看见有个柜台里坐着个穿红大衣、眉眼都描画得很精致的女孩子,我想,重视形象的人,应该不会随便发火吧?

我当然是再次猜错了,具体她怎么发飙的这里且不细说,只说就在那过程中,我看到她隔壁那个衣着朴素素面朝天的姑娘对前来办事的人细声慢语,温和至极,简直想踢自己一脚,明明我刚才可以去那边。

装扮朴素的人的确脾气更好一点,如果戴个眼镜又比较年轻的往往会更好,这是我历经许多场风雨得出的印象或是偏见。不过有时候人算不如天算,过年前,我去某处办事,每次去,那里都爆满,于是我机智地在放假前最后一个工作日抵达该局,果然没什么人。

我特地走向一个戴眼镜的姑娘,那姑娘也确实很和气。然而,旁边一个胖胖的梳着童花头的中年女性工作人员端着茶杯踱过来，不满地说："你怎么赶在过年的时候来办事？"

难道今天不是工作日？但是我在工作人员面前厌惯了，耐心地说："我来了两回了，人都太多。"她抬高了声音说："谁让你睡懒觉来着？你要是一大清早来排队，至于吗？"她周围几个同事呼应地哈哈大笑起来。

我不知道他们笑点何在，她也许是想借此打破工作日沉闷的气氛。又或者，他们本来以为今天不会有人来办事，做好了端着茶杯欢度最后一个工作日的准备，我不懂事的到来，打破了那种"准节日气氛"，那么她现在心情好点了吗？

有时候，也会遇到那种明明很和善但也会让你很紧张的工作人员。比如有一次一个 50 来岁的女工作人员看着我的身份证说，你穿这旗袍拍照真好看。我讷讷地解释说，就是为了拍照才穿这旗袍的。这话没什么信息量，但我必须接点啥，她看上去很和气，但是我并不觉得这是一个可以让人掉以轻心的人。

她却很有和我交流的欲望，抱怨中国旗袍传统的流失，又说人家韩国人都穿韩服，多好看啊。她说得越多我越紧张，直觉她也是一个比较感性的人，而感性的人，往往有着惊人的杀伤力。

果然,下次我再来办第二道手续时,不小心写错了日期,我无法解释说我不坐班,经常无法准确地知道今天是几号,她靠在椅子上,眼帘低垂,气咻咻地摆出拒绝做任何沟通的姿态,我觉得我比那些让旗袍传统流失的人更可恶。

总之,办这些手续的过程,对于我这样一个长期宅在家里的人来说,差不多等同于拓展训练,而我自己也不是一个自我修复能力很强的人,非常郁闷。同时位卑不敢忘忧国地想,这个世界是守恒的,受了气的人,会将让弱小者受气视为常态,下次他们处于强势位置时,也会这样做,冤冤相报,最后人人都有了一张被欺负的脸。

想起本省的高速公路收费站,收费员的灿烂笑容是出了名的,据说都是咬着筷子练的,连露几颗牙齿上面都有规定。我曾对此辙有烦言,我是那种人家对我笑我一定要对人家笑的人,可是咱们萍水相逢的,用不着都笑得那么高兴啊,我觉得他们领导有点过了。

这次,我却想到,都笑得要露出六颗牙齿了,自然不好意思发火了,如果硬性推广这种笑容,工作人员总能和善一点吧。不过,高速收费站工作相对简单,收费员保持笑容不难,窗口的工作相对复杂,也要求人家那样笑就太反人性了。

或者在门口取号的地方备一堆头戴式摄像头,取号的同时拿一个戴头上,最好能自己插入 TF 卡,可以把拍摄资料带回家,这样肯定比领导们开会训话以及在窗口摆个"要对工作对象态度好"的提示牌更有效。不过任何事情一旦被放大,都会失控,最后没准弊大于利。

再想想窗口的工作人员也挺不容易,要面对那么多张面孔,除了我这种厌的,也有那种很厉害乃至不讲理的,一天到晚接收负能量,心情不好找机会发泄下在所难免,让大活人站柜台本来就不太人道,在超市流行之前,县城百货大楼柜台售货员的态度也不好,记得刘晓庆就很鲜活地扮演过一个。

超市普及之后,这种冲突自然消失。据说建行将推广无人银行,没有柜员了,只有智能柜员机,大堂经理将变成一个会微笑的机器人,办理业务时可以进行人机对话,听上去太让人神往了。

如果未来的窗口里坐着的都是机器人,那是一件多么让人放松的事儿啊。机器人会发火吗?会翻白眼吗?会把身体朝后一靠不想再搭理你吗?应该不会吧。我们也用不着琢磨他们的高矮胖瘦、年龄打扮,玩拙劣的读心术了,当大家心情愉快地从银行从各种局出来,见到其他人应该也会友善一点,推广这种高科技,能够降低整个社会的脾气,世界,也许会因此变得更好一点?

我们为什么都长着一张被欺负的脸

前几天我出差，临出门时想起有几个快递还没收，倒不着急拿到东西，是怕这一走就是好几天，白白占着门口那个速递易的柜子。毕竟是"双十一"期间，快递柜很紧张，我老看见快递小哥守着一堆东西在那儿等着，等业主把柜子里的东西取走，他好放进去。

况且手机显示，货物已经在途中，还显示了快递员的号码，如果我出门前能拿到，于双方都更方便一点。

于是我拨打了快递员的号码，问对方什么时候到我们小区，不承想那边一肚子没好气，说："催什么催？该到的时候自然到，催也没用。"我真不知道说什么好，他大概以为我已经挂了电话，嘀咕了一句："他妈的……"

我的便携式生活

我几乎就想要打电话投诉了,再一想,这些快递员,知道你家所有信息,何必因为一点儿情绪,搞得大家都不得安宁呢?

是的,你看出来了,我是个贱人。不过,贱只是习惯性的第一反应,第二反应是,他们也不容易。

以前看过一句署名张爱玲的话,说,假如你知道我的过去,你就能原谅我的现在。我把这句话稍稍变一下,常常拿来自我安慰:"如果你了解他们的过去,你就能理解他们的现在。"

这个过去当然不是指他们的出身家庭、情史婚史,而是另外一些时刻的他们,常常也被人欺负。

比如有个快递员跟我抱怨,他曾经收了一个女人的快件,着急走,对方答应把钱通过支付宝转给他,后来不管他怎么催讨,对方都不理不睬。我说,那她以后不还是要等你送快递吗?他说,她不怕,她有什么可怕的呢?

这算是遇到奇葩了,丢件对他们来说也许更常见。曾经有个顺丰小哥一边给我送货,一边心神不定地看着窗外,说他昨天才丢了一包东西,电动车停在下面,他很担心,可不送上门,又怕业主投诉。

电动车也是个问题,曾见新闻里说城市里即将禁止电动车通行,特别把快递小哥拿出来说,可是,不骑电动车难道让他们开车吗?我替他们认真地想过,并没有想出什么好办法。

有时我还会亲见他们的为难,在我们小区门口,有个快递小哥被保安拦住,双方火气都很大,但保安明显占据主场,不让进就是不让进,说什么也没用。快递员只好气鼓鼓地把车子停下来,把货卸在脚边,皱着眉,一个个地打电话。

他放在耳边的手是苍灰色的,像是风格前卫的泥塑。我记得有次也是这种大冷天,有个"肯德基"小哥给我送餐,交接时我碰到了他的手,那手粗糙坚硬冰冷,我像是碰到了水泥。

保安却没这份恻隐之心,他靠在门框上,漠然地看着,像是居高临下地欣赏着快递小哥的磨难。

我很想上前对保安说,大家都是小人物,活着都不易,何必呢?但这台词未免太文艺腔,而我也不是一个善于跟人交涉的人,你看,快递小哥骂我,我不都认了吗?我只是心情沉重地转身离开,叮嘱自己尽量少网购,虽说小哥会少点收入,但没准他也想

偷偷懒呢？没准他也一直为不得不来我们这个小区感到为难呢？

我并不反感保安，静下心来想一想，他们的"铁石心肠"也是合理的，如果他们不这样，是否违规另说，他们每天付出的心理成本就太高了。

有次我路过北门，看见一辆车拦在门口，一个老头正在大吵大闹，说是他儿子来看他，保安不许进。他儿子只好把车停在外面路上，刚才不知道被谁剐蹭到了，又没有探头，找不到责任人。

我觉得这老头有点不讲理，我们小区车位不多，业主们经常为这事儿掰扯不休，保安也只能这么一刀切了。至于你的车被剐蹭，那是个偶然，更不能怪到保安头上。

但那老头可不管这一套，挥舞着手臂，说："你报警啊，你叫警察来抓我啊。"

好几个保安站在他旁边，有人试图跟他分辩，也有人一脸淡漠。我觉得淡漠的那些更明智一点，跟这个老人是没法说理的。他们平日里遇到的很多事也没法说理，比如说我觉得他们不让快递外卖进来有点不近人情，可是前几天，某个楼道有人被人尾随抢劫了，又有业主质问，这个物管是怎么回事，外人随随便便就能进来。

在这种处境中,要是感觉太细腻,太有同理心,这日子就没法过了。我有天上午在楼下看蜡梅打了多少苞,隔着繁茂花枝,听到有人打电话,说:"这明明不是我的错,为什么我要道歉?这活我真没心肠干了。"

他声音悲怆,几乎带了点哭腔,皖北口音,我回身看了他一眼,是个高高大大的汉子,穿着保安制服。听这么一个大男人诉冤屈,真的很难过啊。可是又有什么办法呢?大家都这样,虽然底层确实风险更大一点,可是,那些欺负他们的人,也并不怎么安全。

就像那个老头,即便是挥舞着手臂大骂保安,他脸上也有着被人欺负的痕迹。他那么暴躁,是不是以前也曾经受过领导的气?在办事窗口看过别人的脸色?他的领导呢?办事窗口后面那些高高在上的工作人员呢?你要是听他们说,没准也是一大堆苦水。

各种恶意汇成汪洋大海,我们在其中沉浮。在劫难逃,只能设法自洽,自洽之道就是把这些欺负视为常态,当你勇于欺负别人,并且内心无感时,你就可以坦然承受被人欺负。所以,快递小哥对我的出言不逊,也算是他对日常烦难的一种中和吧,我默默

忍耐,就当日行一善。

但我还是更喜欢另外一些时刻,比如有次我背了大包小包地回家,正将手艰难地伸向背包口袋里掏门卡,那个年轻的保安老远走过来,做了个制止的手势,从里面替我把门打开。

我也记得有个快递员,一边把东西递给我,一边说,下雨了,你把晾在外面的衣服收一下。

还有一次,我将一样很贵的东西买错了规格,偏偏那东西备注"不支持七日无理由退货",而且我提交之后店家迅速发货,等我发现时它已经在路上了。深更半夜我给经常送货的快递小哥发短信,他耐心地回复,告诉我可以拒收,每个客户一年有几次免费拒收的指标。

我非常感谢他。

这点点滴滴的善意让我感动,也让我恍惚,觉得有种过去年代的不真实,又有着稍纵即逝的匆促。我相信谁都愿意停留在这种状态里,然而,总有锐物迅速划破这种温情,大家又带着一张被欺负的脸,或者想要欺负人的强悍,萍水相逢于这冷冷的世间。想到将来要送给孩子这样一个世界,我就觉得难过而且抱歉。

我原谅了童年欺负过我的人

我还记得那个女生拿着铅笔慢慢朝我脸上靠近,笔尖削得非常完美,闪着银灰色的光,她脸上有邪恶的笑容,明显在模仿她看过的某个电影里的角色。我也在笑,似乎我笑了,就能把这件事变成一个玩笑,笔尖扎入脸颊的疼痛自然是有的,内心的屈辱感,却可以通过我的笑容减弱一点。

那是我小学一年级的时候,一年级时的我,曾在班里,引起一场场恶意的狂欢。在课间或是放学后,有人卡住我的脖子,有人把我的胳膊朝后扭,有人稍微温和一点,偷走我的课本,让我面对老师的呵斥,只有低头认罪的份儿。这样做的,大多是女生,男生则是在我放学的路上,向我投以威胁性的话语。

我总是低着头,贴着墙根走,我妈托人从上海给我带回来的

新书包，很快就被磨破了边，我回到家时，眼圈常常是红红的，说："某某又打我了。"

我妈就很生气，说："你的手呢？她打你你不能打她吗？"她的疾言厉色让我更忐忑，后来，我就不跟她说什么了。

我当然是有手的，但是我不知道怎么伸出去，担心一旦伸手，就会招来更为猛烈的报复，我终究是打不过他们的。那个时候，我就知道，在这个世上，我是一个无力者。

这一认知与我在家里的处境有关。我父亲兄弟二人，一共生了九个女儿，第十个孩子是我弟弟，家中唯一的男孩。我奶奶老说："十个花花女，不如一个点脚儿。"她跟我解释，"点脚"，就是瘸子的意思。十个如花似玉的女儿，也不如一个一瘸一拐的儿子。从未有人纠正她。

我和我弟打过架，一开始总是我赢，毕竟我比他大。但渐渐地，我弟越战越猛，我的心却一点点地怯了，因为我弟没有后顾之忧，而我担心万一闹到爸妈那里去仲裁，我就只有挨骂的份儿。

一个孩子在学校的处境，往往是 TA 在家中处境的延续，这是其一。

其二，我原本上过一学期幼儿园，后来我奶奶和老师吵架，就不让我去了，我没有经过集体生活的过渡，突然面对那么多陌生人，更是不知所措。况且，我提前上学，比班上大部分同学年龄都小，身高体重、阅世经验都处于劣势。

还有第三点，当时的老师大多很忙，上有老下有小，人人都一脑门官司，跑去找他们投诉，他们首先要问你："怎么就你事多？"还有的老师师德更差，有次我私下里跟同学说："×老师最坏了。"上课时，那同学大声对老师说："闫红说你最坏了。"那老师就拿着一本书，一下一下地打我的头，说："××班也有个叫闫红的，人家就比你好。"这都是哪儿跟哪儿啊。

在那样一个环境里，可以想象，我很难成为一个好学生。我消极对待我的功课，成绩差，不交作业，由于对外界充满恐惧，连厕所都不太敢上——厕所是进行学校霸凌最好的场所，不会被老师看到，却可以向其他班级的学生展示威力；肮脏的环境，也能让被欺负者的屈辱感来得更强烈，欺负人的一方，快乐得就更加圆满。我因此经常尿裤子，不消说，回去又被一顿臭骂。

童年时积攒下来的无力感一直延续到长大成人，使我很多时候都很怂，尽量把自己收缩到一个角落里，对于恶意固然避之不及,对于善意也诚惶诚恐。心理学家说,不能够坦然接受善意,是因为你潜意识里认为你自己不配。

所以,当我的孩子被送进学校时,我非常担心他被人欺负。虽然他一直在练跆拳道,但日常里从未跟谁较量过,以至于有个孩子打遍小区无敌手的家长曾担忧地对我说:"你儿子不会打架,将来上小学怎么办?"

送娃上学的第一天,目送着他背着大书包的小背影,我心里响起忘了在哪儿看到的一句话:社会,我把我的孩子交给你了。

好在他身高体重在班里一向都比较突出,我当然知道高大威猛并不意味着战斗力就强,但是,正常情况下,也没多少人会主动挑衅他吧。

然而,在他上二年级的时候,有天晚上,他轻描淡写地跟我说,女同桌老打他,把他的嘴角都打出血了。这让我非常震惊,仔细一查看,嘴角果然红红的,血倒是不淌了,痕迹还在那里。

我脑子轰然一声,想,终于来了。他那个女同桌我也见过的,瘦瘦的一个小姑娘,比他矮半头,怎么能让她给欺负了呢?我说:"你为什么不还手?"娃说:"老师说,男孩子不能对女孩子动手,还说,我最讨厌男孩子欺负女孩子了。其实我们班女同学可厉害了,男生都叫她们暴烈女,经常被她们逼到男厕所里。"

即使在盛怒中,我仍然忍俊不禁,男人不能欺负女人,这的确是一条底线。小女生固然暴烈,男生体力毕竟更强,要是他们也动起手来,麻烦就大了。

不能还手,那么更好的办法,也许是申请仲裁。我拿出手机,跟娃说:"你把这件事写下来,我发送给老师和同学的家长。"娃有点畏缩,我只好采取奖励机制:假如你有勇气这么做,我就把你上次想要的什么什么买给你。

娃吭吭哧哧地在我的手机上写下极其简略的过程,我又加了几句,发给老师以及那个同学的家长。好半天我都没有接到任何回复,我的内心,真的是崩溃了,觉得世事深不见底,自己求告无门,我要不要在第二天冲到学校去呢?

好在,一个多小时后,老师和同学家长分别回复了我,老师表示会调查处理,家长更为客气,说非常抱歉,知道自家孩子个性强,感谢我提醒了他们。第二天,娃放学回来,告诉我,那个同学当着老师的面,向他道歉了,还给他带来一盒巧克力,不过现在已经被他吃完了。

我看娃那副没心没肺的样子,感到他受到的伤很有限,也许在那个男生普遍被女生欺负的环境里,这事多少就有了点游戏性质吧。我说:"要么,咱们也买点东西送她吧。"娃高兴地说:"好啊,那得我来挑。"

他挑了一个据说在同学中特别流行的玩具,带给那小女孩时,她简直不敢相信,一再确认:"你这是送我的吗?真的是送我的吗?"他们后来成了好朋友,现在不是同桌了,还常来常往着。

摆脱丛林法则,要从娃娃抓起,在能够申请仲裁的情况下,其实没有必要鼓励孩子以暴制暴。回想起当年欺负我的那些同学,也未必是坏人,只是,人之初,未必性本善,孩子如小兽,会有一种小兽般的无知无觉的残忍。需要做的,是告诉他们,这样做是错的,我娃这个女同学不就立即戛然而止了嘛。

我的童年很凄惨,是因为,没有人帮助我用一种比较好的方式让那些同学反省。如此一想,多年的心结,忽然就释然了,原谅别人,也是放过自己。

当然,这件事也让我反思良久,我娃逆来顺受,固然因为他带了点游戏心理,可能也跟我在家中过于强势有关。与其将"欺负"他的孩子妖魔化,不如先反省自己的教育误区。如果之前,我帮助孩子建立了自信,建立了对不公正说"不"的勇气,他自己也就能轻松处理了。

有本书叫《所有的错,都是大人的错》,就这件事而言,我和那个孩子的家长都是有错的,好在我们都知错就改。

但我娃的表现,也让我看到另外一点,那就是,对于"被欺负"这件事,他看得并不像我那么严重,从一开始的轻描淡写,到后来的握手言欢,他都没有特别大的情绪起伏。娃虽钝感,也并非麻木之人,有次他说起好友跟其他同学一块儿嘲笑他,居然委屈地哭了起来,他的受伤害感,是有选择性的。现在他有时也会说起被同学冒犯之事,然后加一句:他不是想欺负我,就是不知道轻重。

我知道这样说会被骂,但其实我有点欣慰,除了那些真的造成极大损伤的事情,很多时候,只有我们感到被伤害时,我们才真的会被伤到。在一些不那么重要的事情上,我一直注意不唤醒他受伤害的感觉。

我娃小时候,邻居小孩来家里玩,我坐在房间里看书,同时耳听六路地听他们说话。那孩子处处要占他上风,玩什么游戏,吃什么东西,都是他说了算。比如说娃不小心穿了一下那孩子的拖鞋,他便不依不饶,提出令人吃惊的赔偿方案。

作为坏脾气的大天蝎,我简直是怒火中烧啊,当然,一方面,我不能跟一个孩子一般见识;另一方面,我听见我娃饶有兴致地,就赔偿问题,跟他讨价还价起来。在他眼中,这似乎是一个有趣的游戏,渐渐地,那个孩子也被他带入这种情境里,因为都很投入,干戈化为玉帛。

游戏精神化解一切。有次我和他一块儿去逛街,他指着一个胖乎乎的看上去有点像《哆啦A梦》里的胖虎的小男孩说:"就是他,老是打我。"大天蝎哪里忍得住?我上前就要跟那孩子理论,我娃却拉住我,凑到我耳边说:"我有办法对付他。"我停住脚步,半信半疑地问娃:"你怎么对付他?"娃说:"我跑得快啊。"

我啼笑皆非,同时觉得这办法也还行,如果能跑掉,省时省力,确实比和对方一争高下要划算得多。

依靠暴力实现实质正义,快捷,直接。但是,这种简单粗暴的方式,一是容易造成误伤;二是若你的孩子"野蛮"了,却败下阵来,内心的挫败感更加强烈;三是也许他赢了,打顺了手,尝到暴力的甜头,以后也有可能用暴力解决一些TA并不占理的事——

使用暴力是能上瘾的;四是,有些孩子秩序感比较强,强扭的话会很痛苦,产生怀疑以及幻灭感,无助于身心健康。

当然,有时候,孩子遇到的不只是这种游戏性的霸凌,是真正的恶意。比如我家有个亲戚,家境好,衣着光鲜,总有些小痞子在上学放学路上截住他,找他要钱,或是扒掉他的衣服鞋子。

即使在这种情况下,我也不主张冲冠一怒,在文学作品里,我们是看到一声大吼,喝散一堆混混,但是,万一对方没那么尿呢?只要不伤及肉身,还是识时务地妥协,由父母、老师乃至警方出面更好一点。除非被逼到死角,该出手时再出手,这也是我一直让娃练跆拳道的缘故,但也还属于非常规武器。

我们一向迷信武力征服,历来改朝换代,都是拳头说话,尝到拳头甜头的人太多了。然而,我还是希望下一代能活在一个更文明的社会里,让强大者不会毫无顾忌,弱小者的权益也能得到保障。虽然这样一来,会比较低效,也许还会遭遇失败,但是,我们不是一直在问"这个世界还能好吗",为什么落实到具体的事件上,就不朝好里做呢?

与其鼓动孩子出手,不如和孩子做更细致的交流,让他们遇到问题时,把父母当作一个可以商量的对象,群策群力地想办法。

这样说，并不是鼓励孩子做巨婴，而是，人是慢慢成熟的，在孩子成长的过程中，陪他解读世情，找出更好的解决办法，不但能帮到孩子，有时，也能治愈自己。

我确认自己发不了财

一

我小时候家住报社大院,邻居都是记者编辑,有段时间,几乎家家都喂兔子。

不是宠物兔子,是一笼一笼的安哥拉长毛兔,就养在院子里,我爸下班就会去护城河那边的郊外割草,有时也带上我。

他一边割,一边教我认蚕豆和荞麦,有次,还指给我看一只螳螂,它绿得透明,大眼睛愣愣的,对我悍然举着一双大刀。

没错,这是我们家的家庭副业,也是我爸他们单位领导的家庭副业,那年头大家都穷,都月光,领导收入也许略高,但同样很

容易就融化到生计的水里了。想手头宽裕点,就得喂兔子。

不记得喂了多久,后来兔毛突然间降价了,喂兔子不划算了,大家就纷纷把兔子卖了。

我爸还养过鹌鹑,养过土鳖,想过种苜蓿草,买过一台针织机……多次试错之后,他终于发现,开个打印作坊能带来稳定收益。于是,在我家,打字机的嘀嗒声和油印机的吱呀声,总是交替响起,我离家之后,耳朵里还常常出现幻听。

与此同时,不再喂兔子的邻居们也各自找到生财之道,有个叔叔买了个印刷机。大家干的都是辛苦活儿,但勤劳致富足以让我爸感到骄傲,当他感觉到没有被单位公平地对待时,就会昂然说,没什么了不起,我挣的比部长都多。

那真是个寒酸的时代,然而,也有它的好处,只要你勤快,就能比别人过得稍稍好一点,当然,只是稍稍好那么一点,又是劳动所得,别人也不会觉得太不平衡。

直到在 20 世纪 90 年代初的某个夜晚,曾经喂过兔子的领导来到我家,拿着一件西装,似乎是问在纺织厂工作的我妈,那个扣眼怎么处理。

我们全家都围观了那件衣服的标签,上面赫然标着 1200 元,要知道我爸一个月的工资也不过四五百块,加上打字收入也就刚刚过千,对于 1200 元一件的西装,我们真是缺乏想象啊。

那个伯伯说是别人送他的,又咕噜了一句:"可能没这么贵,他们就是瞎贴个标签。"但我现在想来,送礼的人没有忽悠他,因为同时我还记住了那件西服的牌子是"杉杉"。

这件事在我的意识里有着划时代的意义,勤劳致富的年代已然结束,开始由资源决定财富。

二

1998 年,我来到这个城市,租住着一个大约三十平方米的小套间,有本地同事来我的住处参观,告诉我,买下这个房子,差不多 2 万块钱。

比我当时的年薪略多一点,但我听完只是一笑了之,那时年轻,钱少而去处多,也没有买房意识。

2000 年,和后来成为我先生的某人恋爱,单位分了他一套六

十多平方米的两居室,他出身农家,这个小房子于他已经是飞跃性的改善,他觉得终生有靠,可以安居乐业了。

但新生事物已经出现,我的一个女同事,用一种她觉得不可思议所以要让我们评评理的口气说,她的邻居小青年,居然把单位分的房子卖了,买了很贵的商品房。

这是一个开头,很快,越来越多的人这么干了。我也很想住新房,并且看中了一个楼盘。但某人不同意,他跟我爸说,一个月还贷就得 1500 元,等于一个人失业。我爸勤于挣钱,拙于理财,深为认同地点着头,这个话题就这么被翻篇了。

一年以后,我们还是买下了那个楼盘的房子,以每平方米比去年贵 100 块的价钱——从前慢,买房都要考虑一年,一年也就涨 1 万。十几年后,在抢房潮中,我耳闻目睹许多人分分钟做出决定,颇感沧海桑田。

那 1 万块钱的差价,在当时让我挺遗憾的,但更让我遗憾的事情在后面,当时我还看过一个高大上的楼盘,可惜凑不到四成首付,虽然付两成即可贷款,但无法使用公积金,商贷利息要高一点,我感到有点肉痛。

买完房子以后就看那个楼盘一直在涨涨涨,我为一两万利息,付出了多赚很多个一两万的代价。我第一次感到,选择比努力更重要。

后来我许多次地经过那个楼盘,看到楼顶巨大的海报上写着"眼光决定财富",我对自己说:"我是一个没有眼光的人,所以不可能有太多财富。"那时候,我以为这是跟自己开玩笑。

之后的十几年里,我又看过许多次楼盘,不是我有钱,而是那些年,房价涨得没这么快,只要有 10 万块,就可以考虑付个首付。有许多次,机会在我眼前闪耀,我却无法把它们辨认出来,在房价涨上天之后,我经过这城市的许多角落时都感觉到惆怅,那些角落里都有我的回忆。

三

2014 年底,我参加了几个网站的活动,到场者都是媒体人或专栏作者,他们聚集在一起,出现频率最高的词,不是写作,是"创业"。

他们说的创业居然是做公众号,这怎么挣钱?靠打赏?付费阅读?我对公众号的挣钱模式完全缺乏想象力。

我的便携式生活

2015年年中，我才无可无不可地和好友思呈君做了一个名为"闫红和陈思呈"的公众号，之后保持着一月一更的节奏，渐渐也积累了一些粉丝，心里并不当成一件要紧事去做。

但是前方不断有消息传来，某某的公众号一条广告5万，某某上了10万，还有大V已经涨到了几十万，并一次次获得数额高达几百万乃至几千万甚至上亿的投资。他们并不满足，还在寻找新的经济增长点，做APP，做微课，做……

我终于意识到，我遇上了一个神奇的时代，虽然更多人还在辛苦谋生计，但暴富也在成为新常态。除了像被拆迁等这种原有模式，一茬茬的风口，也在为那些有准备的人出现，田园式的勤劳致富，即将成为传说，如今，群雄争霸，遍地枭雄，靠的是眼光，还有对时代节奏的把握。

但我可能是一个不赶趟的人，反应总是慢一步，看这时代野蛮生长就头晕。每次别人指点我如何变现，我虚怀若谷地听着，内心不胜惶恐。有一次，生意做得颇为成功的我弟，站在我的房间里，高屋建瓴，指点江山，画出遥远的风景，我心虚地笑着，只求且将他敷衍得过。

我知道我做不到,我写不了爆款文章,抓不住核心竞争力,我的兴趣点分散而且没有规律,语调也不够铿锵,我没法总是写让别人悚然心惊或是热泪盈眶或是爽得不得了的文章。

最终,我还是继续写我的稿子,我们的公众号,还是保持着神出鬼没的更新节奏。

四

在勤劳致富的时代里,不赶趟的影响,几乎可以忽略不计,最多这一茬庄稼收成不行,下一茬就会好点。在眼下,赶上了趟,就能飞速逆袭,不赶趟,会让你所有的辛劳一笔勾销。

还是十几年前,我的一个同事房子卖得很称心,大家众口一词地表扬时,他说:"如果我每次都能做出正确选择的话,我的财富起码比现在多20万。"这个早早认识到选择重要性的同事,后来果然混得非常好。

这些频发的暴富,让一些人产生错觉,以为自己也该有份,以为自己一次次错过了一个亿啊一个亿,但事实上,人家可能确实不比你更勤劳或是更有才,但人家的眼光、魄力、资源,都有其不可比性。这个时代,更认这些。

我的便携式生活

　　我已经确定，我是一个发不了财变不了现的人，家底薄，胆子小，习惯了量入为出，又不想改变自己的意愿和灵活性，在这个资本征战杀伐的时代里，我注定属于没有角逐资本的那一类，那么，我们可不可以做个旁观者，云端里，看他们厮杀？

　　这个时代赋予人们一种恐慌，似乎当不了赢家，就必然是炮灰，挣钱不只是为了维持生活所需，还为了让自己不被时代甩出去。所以那个深圳的技术男有了两套房子，生了二胎，老婆全职，还在抱怨生计艰难，这个生计，已经开始涵盖心理体验。

　　但是相对于做炮灰，我更害怕被生活裹卷着走。富丽堂皇我也能欣赏，却也记得，许多寒微的时刻，也曾让我感到某种诗意。

　　我曾住在一个四十多平方米没有物业的房子里，总是在傍晚走到菜市场旁边的小摊上，要一碗当时售价为2块钱的粉丝汤。同坐者大多为农民工，一身粉尘，我一边挑着粉丝，一边望着那些背影出神，想象他们是怎样背井离乡，辛勤劳作，就像我一样。日暮乡关，家园何处，我对自己说，这一刻，也是最好的时光。

　　有首歌叫《辛酸的浪漫》，我还欣赏一种"寒酸的浪漫"。元稹的"顾我无衣搜荩箧，泥他沽酒拔金钗"放在现在估计会被骂为直男癌,我更喜欢宋代杜耒那句"寒夜客来茶当酒"。杜耒也许不是穷人,我却偏要想象他是没钱去买酒,轻度匮乏,以茶代酒,会更有一种令人动容的微温。

更何况,这个时代里的寒微,已不至于有冻馁之忧、生存之虞,它可以成为人生菜单上的一种选择。

人生苦短,赚得多当然好,活出自以为的浪漫也不错啊。我接受我是一个发不了财的人,勤勤恳恳,安分守己,不追逐高大上,乐于使用廉价的替代品,将保持内心的平衡放在首位,这于我,固然是理性的选择,但是,浪漫地想,它也是一种行为方式上的"古着"呢。

我只想当妈妈，不想当债主

前段时间赶上母亲节，目之所及，皆是各种对母亲的感恩戴德，不由得心生感慨，如果我是个未婚姑娘，非得被吓着，当妈原来是这么含辛茹苦、苦大仇深的一件事！

表达方式五花八门，却万变不离其宗地表达一个意思：您过得特别不好，只为让我过得好。只要让我过得好，您不怕过得各种不好……

是很感人，但是当妈的都那么惨了，这孩子得多没良心才能过得好？只要孩子春风得意，哪怕自己肝脑涂地，这是存心陷孩子于不义，还是假设自己的孩子天生就是个白眼狼？

一

但是,真的有很多当妈的这样想。

我家有个亲戚,走动得很频繁,所以我经常能见那对母女吵架,当妈的说,我当年就应该掐死你,闺女说,你为什么不掐?你掐了就一了百了了……

作为知情人,我站在闺女一边,人们老说孩子是讨债鬼,但让我见识到所谓债主长啥样的,却是那位老妈。

她很年轻的时候,丈夫出轨,她不愿意离婚,理由是,她要女儿父母双全。她因此跟小三斗,跟老公全家斗,有时又忍辱负重,低声下气。日子当然很艰难,但这艰难,让她作为母亲的形象更加伟岸,她无数次提及,为了女儿,她都做了什么什么。

她觉得自己占据了道德制高点,却并没有受到全世界的表彰,到最后浪子也没有回归,公婆也没什么良心。她委屈得要命,因此见不得女儿傻乐呵,感觉自己掏出来的心肝喂了狗,她指责女儿不孝,芝麻大的事儿也会上线上纲,哭天抹泪,历数自己这许多年来的付出。

我一点也不同情她,这样说似乎有点冷酷。但是,让女儿生活在一个炮火不断的家庭里,真的是为了女儿好？还是她不愿直面人生而实施的一种懒政？她没有办法跟生活讨债,就想方设法做女儿的债主,女儿太小太无力了,她有办法让女儿,欠下一笔良心债。

二

人要先自救,才能救人。每次坐飞机时,看到要大人遇到危急情况时先给自己穿好救生衣再给孩子穿时,都会这么想,如若不肯面对这一点,你的舍己为人,也许反而是自误并误人。

想让孩子活得好,也许首先要做的,是让自己活好了。这世间是有那种甘愿付出不求回报的人,但你肯定不是,我也不是。

有段时间,八小时之内写稿,八小时之外带娃,把时间排得满满当当,辛苦就算了,还"过劳肥"了。心情当然不会好,随时随地气不打一处来,觉得自己特别悲壮。

忘了是什么原因,我在某个周日的清晨决定丢下所有的事儿,出去逛一天。先去逛菜市,又去逛商场,约朋友吃了顿午餐,在咖啡馆里打了个盹，那天傍晚，当我回到家中，发现家里并没有乱成一团糟，相反，老公和孩子一边看动画片一边说笑话，比过去的每一个周末都和谐。

这就叫我的愚蠢限制了我的想象力吧，以前我无法想象男人也是可以照顾孩子的，照顾一整天也不崩溃。所以那种能够制造过劳肥的疲惫难道不是自找的吗？实在怪不到别人。

虽然这样说有点太鸡汤，但那之后我真的开始尝试着把娃撂给老公，自己该干啥干啥，该去哪儿去哪儿，别相信男人带不了娃，他们不是老说虽然通常是女人做饭但最好的厨子都是男的吗？带娃这件事也一样。

男人体力更好就不说了，还更爱和孩子一起说屎尿屁的笑话，每次看到那俩人将一个无聊的笑话说得乐不可支前仰后合，我表面上做鄙夷状，心中暗爽——请政治正确的各位不要着急批评我心口不一，我表面上的鄙夷让那俩人更开心了，毕竟，适度的犯禁是令人愉快的。

当然，我家这男的还行，碰上更加懒惰的，也许改变对方的力度就要加大一点，具体怎么做，各位自有窍门，我想说的是，首先得把自己哄高兴了，解放自己，才能造福家人。

三

如果遇上实在不可救药的男人呢？也许是时候请出这句话了,不分还留着过年啊？就像前面提到的那对母女生活中缺席的男人,实在可以清理出去了,真的清理掉,她们也不会过得更糟,十有八九还会更好,那也许是当妈的能够给女儿的最好的礼物,让女儿知道,将那些看似鸡肋其实是垃圾的东西断舍离,能让自己过得更好。

有次在公众号后台看到一条提问:"王菲这样的能是好妈妈吗?"我不假思索地回了句:"当然是,像王菲这样的才是好妈妈呢。"她最好的一点是,她不想牺牲自己。

曾经有记者问她,有没有想过为女儿找个爸爸,想将王菲的择偶给崇高化,王菲不买这个账,她说只想为自己找伴侣,没想过为孩子找爸。听上去似乎很自私,但是一个立意把自己活好了的人,是可以惠及他人的。

自由不等同于自私,自由是有边界的,自私没有。王菲让自己和孩子都获得了自由。她没有怨气,能够心平气和地处理每一种关系,和前夫和平相处,连和前任婆婆都相处得不错,大家能够欢聚一堂，即便离婚，孩子们也不缺爱，她和她的家庭不被社会舆论和各种条条框框绑架，她当然是个好妈妈。

《红玫瑰与白玫瑰》里佟振保他妈正相反，她寡妇熬儿，非常不易，她对儿子无限付出，儿子对她也是感恩戴德。于是，当佟振保和王娇蕊相恋，本能地感觉到对不起母亲，没有走母亲期望的路，"不止有一个母亲，一个世界到处都是他的老母，眼泪汪汪，睁眼只看见他一个人"。

佟振保和他妈的关系里，有一部分是很清晰的债主和债务人的关系，只是他们本来就处于赤贫中，资源太有限，佟振保的妈妈真的只能把自己那一口省给他，造成这样的关系也在所难免。但是，如今，在各方面都有所改进的情况下，还需要建造这种看上去很美的关系吗？

四

与其歌颂母亲的悲情，不如让母亲不再悲情。

桐城派学者方苞有篇《先母行略》，极力赞扬他的母亲："而先君子喜交游，江介耆旧过从无虚日，必具肴蔬，淹留竟日。母尝疽发于背，犹勉强供事，十余年，无晷刻休暇。而先君子性严毅，丝粟不治，客退，必诘责不少宽假。母益笃谨，无几微见于颜面。及先君子将终，恻然曰：'与若共事五十年。若于我，毫发无愧也。'"

翻译一下就是他爹特别喜欢交朋友，经常带朋友回家吃饭，哪怕他妈背上长疽疮，也要做一桌子菜，就这么着，他爹还横挑鼻子竖挑眼的，他妈也默默咽下，最后，他爹临死前，说，你妈这辈子没有什么对不起我的。

方苞赞扬他妈的高风亮节，看上去总觉得哪里不对，赞扬悲惨，会引发对悲惨的复制，亦是残忍之事。当然，他们也许觉得这种残忍是美的。

到了这个时代，类似的赞美可以少一点了。妈妈辛苦，也许因为爸爸是甩手掌柜，妈妈不容易，也许是这个社会对妈妈照顾不够，帮她争取权益减少重负，帮助妈妈出离困境也许才是最好的礼物。假如做不到，起码，不要赞美痛苦，不要把痛苦视为必然。而且，我自身的经验是，做母亲的一旦获得很多帮助，完全可以做个很开心的妈妈。

我也想象，将来的某个母亲节，我的孩子会想写一篇夸奖我的文章，我希望他能说，我妈妈是个有办法活得很高兴的人，我跟她学会了很多活得高兴的办法。这比赞扬母爱如山，让我愉快多了。

花最少的钱过最精致的生活

我家所有亲戚里,我最崇拜我妈的继母,她掌握着一件让我非常神往的独门绝技,用五百块钱过出五千块钱的生活质量。

他们家房子不大,家具也都很过时,但莫名就给人一种"豪门"感,首先这大概是因为所有的家具,不管是一张桌子还是一只板凳,都会被郑重地擦得一尘不染,其次是与我们匆促的、敷衍的、焦头烂额的生活状态相比,她把日子过得从容而有序,过出了一种精致的仪式感。

在遥远的当年,这个姥姥的生活方式就是亲戚中可望而不可即的样本,如今,我更觉得,每个人都应该掌握这门在消费无法升级的前提下,让生活品位升级的技巧。毕竟,追赶欲望太累,还容易把时间浪费在追赶的路途上,掌握了这种技艺,是日便是好日,

我的便携式生活

瞬时间柳暗花明。

想要花最少的钱过最精致的生活，首先，你要有个浪漫情怀。我见过那种日进斗金依然过得很糙的人，主要原因是过于现实。他们认为只有消费才能带来快乐，不断地购买，买来的东西，只是为了满足占有欲，得到时这欲望便已经被满足，即便以后用来显摆，还是不能把物品充分使用，其中就有很大的浪费。

有浪漫情怀的人，能够跟一草一木产生互动，就拿我那个姥姥来说，她家那个被她用了二十年的菜篮子，虽然被岁月包了一层柔和的浆，但洁净温润，不但没有残破感，反而像个艺术品，承载了她对时光的感情和记忆。

浪漫情怀还有助于我们将清风明月都利用得充分，知道什么时候该赏月，什么时候去看花，这些都是大自然免费的馈赠，比愁眉苦脸地坐在地动山摇的酒吧里的性价比高太多。

要想过得再高级一点，就要多看书，阅读能够化腐朽为神奇，将平凡时光，也变得异彩纷呈，零消费就能跨过万水千山，看尽世间百态。

要是觉得这境界过于高远，那么多背几句古诗吧，下次你下夜班一抬头看见月明星稀,想起"似此星辰非昨夜,为谁风露立中宵",是不是立马不觉得自己是个苦逼的加班族,凭空多了些文艺精神?就算没法这样自欺欺人,想起《诗经》里那位看见"嘒彼小星,三五在东",感慨自己"肃肃宵征,夙夜在公。实命不同"的小吏,多少也能得到一点安慰吧?

无论是厦门还是阳朔的那些民宿,价格的巨大差异,全在于是否够"文艺",让生活文艺起来,就是升值啊。

第二,生活要规律。花小钱办大事,少不了拿时间换钱,就拿我那个姥姥为例,她家的窗明几净,那种近乎烦琐的仪式感,都是时间堆出来的。有句话叫作"不怕慢,就怕站",做起事来很快,劝自己做事的那个过程往往很慢。我自己有段时间,就是把每个早晨浪费在"起床后是洗澡还是写稿"的纠结中了。

建立规律的生活方式,省去事情衔接处的巨大浪费,就有更多时间将生活精雕细琢,这是生活规律的好处之一。其二,生活不规律本身也会带来巨大耗损,该吃饭不吃饭,过后往往要吃很多的零食,该睡觉不睡觉,会把下一天也给拖累了,要是再把钱花到医院里,更不值。

让生活规律起来,这件事本身也会有一种整肃的高级感,你

会觉得生活是可控的，会产生力量感，遇事不慌，不恐惧，这本身就很值钱，它与前面说的浪漫情怀互为表里，互相补充，搭建一个非常精致的生活体系。

第三，就是把消费等同于交友。人们总说要在你能力范围内买最贵的东西，我自己的经验却是，最贵的东西，也不见得是最好的，更不一定最适合自己。比如说，吃糠咽菜地买个大牌包包，若是能用得气定神闲当然没问题，但如果你没那个气场，舍不得用，或是用得特别小心，非但不显得高贵，倒像结交了一个高攀不起的朋友，显得十分卑微。

把消费当成交友，会让你在购买之前，就想清楚，这个东西与你的世界是否契合，你愿不愿意它在你家里待很久，毕竟请神容易送神难，谁家没有一堆当初图便宜买回来越看越不喜欢却又不好扔掉的鸡肋货呢。

买回去之后，仍以朋友视之，你也能够更加精心地对待它、欣赏它、维护它，充分地使用它。那么你的生活就不会有那么多杂物——生活的精致感，常常是被杂物淹没的。

还有一些消费，在别人看来是浪费，但如果你真心喜欢，也可以尝试，比如喝酒、看电影、唱K，像是给生活加上一道蕾丝花边，花销不多，却更加赏心悦目了。

归根结底，所谓精致，其实就是用心，而我们之所以无法那么用心，就在于我们常常会因为各种因素而潦草地对待生活，认为生活在别处、在未来，眼下是可以牺牲的。抛开这种想法，知道此刻的珍贵，就精致地开始。

当然了，还有些不花钱就能过得貌似更精致的歪门邪道，比如没事儿去一些高档消费场所拍点照片发朋友圈里等等，但恰恰是这些东西，显示出内心的不稳定，说到底，从容不迫、内心笃定，是真正的精致。

像交朋友一样去消费

上一篇说到像交朋友一样去花钱，越想越有道理。干脆认真说一说。

我的消费观有个矫枉过正的过程。

同大多数同龄人一样，我有很多被饥荒吓坏了的长辈，在我成长的岁月里，他们无休止地向我描述饥荒的恐怖，加上我自己小时候过得也不怎么宽裕，买东西时就少不了注意性价比。这同时又会激发出对物质的饥渴感，最后的结果就是，我没事就会拎点便宜货回来——大多不怎么好用，于是又引发下一轮低水平的重复建设。

我的朋友许可君曾向我郑重指出，这种购物方式，只能享受买的快乐，而无法享受用的快乐，是更大的浪费。"你没有听说过便宜东西买不起这句话吗?"她问我。

我觉得她说的很有道理,最主要的是,被别人劝说放开手脚花钱是愉快的。"要对自己好一点",鸡汤里总是这么说,它预设你以前是个省吃俭用克扣自己的人,一个道德感过剩的人,它尊敬你也心疼你,你被这高风亮节感动了,决定帮这么一个人打开束缚。

我首先尝试着走进一家售货员永远比顾客还多的服装店,这种店我以前也来过,随手翻开一件小 T 恤,四位数的价格让我不明觉厉并一斑窥豹地敬而远之。但是这一次,我不只是来买衣服的,还要借此实现消费观的革命,所以我梭巡了一下之后,直指一件深蓝色的长裙,它并不算好看,但是在满场的"阔太风"里,它的质朴,让我有"他乡遇故知"之感。

试穿之前,我先翻了下吊牌,果然如我所料地不便宜,我试穿了一下,效果一般,它过于宽大,显得整个人都很庞大。

但售货员告诉我这叫"茧型",不突出线条,只是突显气场。这说法很高级,我触类旁通地想到,初出茅庐的人才会急吼吼地炫技,高手总是深藏不露,我刚才没有觉得这件衣服好,也许就是还没有习惯高级审美,都这么贵了,一定不会差。

我的便携式生活

　　我于是买回去,展示给家里人看,他们无语的表情让我备受打击,穿出去之后,这件衣服也没为我挣到一句赞美。最关键的是,我从各种镜子或玻璃幕墙前走过时,也忍不住惊叹里面那个女人如山如河气壮山河,在这种情况下,如果我还坚持对自己说,这是一件美丽的衣服,是不是太像安徒生笔下的那个有衣服癖的皇帝?

　　类似的错误我又犯过几回,花了很多钱也没有称心,有种被谁欺负了的羞辱感。都说"在能力范围内买最贵的东西",可什么叫"能够承受"?是支付时内心不起一丝波澜,还是咬咬牙才能扛得住?通常是指后者吧?但这不叫能承受,还得踮脚去够,你那么一踮脚,底盘就不稳了,方寸就乱了,花冤枉钱简直是必然的命运。

　　这就是上文说的那种,像结交了一个高攀不起的朋友,很卑微。

　　不亢不卑,才能结识挚友,用交朋友的流程去处理消费,可能就不会那么纠结了。

　　价格什么的,作为一个参考,你交朋友,也不会先问对方身价几许，而是先看人是否赏心悦目吧？

也要像交朋友那样审慎。"相逢意气为君饮，系马高楼垂柳边"的快意当然迷人，但它不再是常态，若见谁都一团火似的扑上去，人到中年本来就有限的热情就会被进一步摊薄，因而变得廉价。

不能再随随便便地眼睛一亮了，请神容易送神难，谁家没有一堆当初图便宜买回来，后来越看越不喜欢却又不好扔掉的鸡肋货呢，十分冷淡存知己，淡泊一点，才能将好钢都用在刀刃上。

不妨多多观察并扪心自问，是不是真的喜欢这样东西？为什么喜欢它？它与你的世界是否契合，你愿不愿意它在你家里待很久，甚至出现在你晚年的记忆里？哪怕再小的东西，都不能潦草对待，买回去之后，才会仍以朋友视之，欣赏它、维护它，充分地使用它，当你目之所及皆是你所喜欢的，你会对生活本身多一点感情。

没有这种用心，一样东西随随便便地买了回来，很快讨厌了又舍不得扔，最后灰扑扑地丢在那里，或是还勉强用着，相看两厌，也是一种无谓的消耗，像某种婚姻。

我的便携式生活

在没有战争的时代，消费就是频繁出现的战斗，但我们很少从理论上去重视这件事，总把"消费"视为一个充满现实感与铜臭味的词，羞于提起它给我们带来的各种美妙的体验和感受，也不愿意费心总结。事实上，你怎样消费，就会怎样生活，把你的三观注入消费里吧！消费，也是一种表达，是和生活最为情真意切的对话。

我也是被我爸富养的女儿

一

有天我爸发给我一个文档,说他想出本散文集。我打开来,最先看到的一篇,竟与我有关。

我爸说他那年从部队回来探亲,我才五个月,懵懂地躺在小床里,圆圆的脸,非常可爱,他俯下身,想逗逗我,我却忽然打了个寒战,他心里不由得难过了一下。

我看得也有点难过,我想那时的他大概是本能地感觉到了隔阂,感觉到亲情的难以传达。这似乎是个预兆,打我童年起,我跟我爸就不是那种特别亲昵的父女,始终不远不近。少年时我曾深为此伤感,后来学会了对自己说,这也是一种宿命。

我的便携式生活

我接着朝下看,我爸把笔触引向童年,饥馑、动荡、曾被人践踏,也接受过深寒中的善意,在这娓娓道来中,我爸的形象在缩小,从一个老人,还原成了一个无措地面对世间风雨的孩子。

每一个威严的爸爸,都是由一个小男孩变成的,没有谁天生强大,一个经历过这么多磨难的人,你怎么能要求他做一个温柔的尽善尽美的父亲。我突然为我曾经的怨怼而感到惭愧,我和我爸的隔阂,是否就是因为他吃过太多的苦而我没吃过?他觉得事业与梦想更重要,过于温情会让人软弱。

回想一下,在帮助我实现梦想这方面,我爸倒真的不遗余力,我每每说给别人听,都会让人瞠目结舌。

二

我中学时开始偏科,语文第一,作文经常被老师作为范文朗读,理、化却倒数第一。高二那年,我不愿意无端消磨光阴,自说自话地做了个决定,退学回家,走写作道路。

做决定是在冬天,我每天仍旧背着书包出门,到近郊的坝子上溜达,路上人迹稀少,不大会碰到熟人。然而天越来越冷,之后干脆一不做二不休地下起了雪,我在飘雪的坝子上晃荡了几天,看看老天也不容我继续隐瞒,索性在某个清晨,直接坦白了。

我爸很平静,他问:"这真的是你的决定吗?你将来不会后悔吗?"我说:"不会。"我爸说:"那好。但是你这么小,也没有生活基础,待在家里写作是不行的,我去打听一下,像你这种情况,能不能到大学里旁听。"

我在小城的师范学院历史系旁听了大半年,第二年深秋的某一天,我爸下班回来告诉我,他打听到复旦有个作家班,虽然这作家班已经开学一个多月了,但他打电话去问了,可以插班入读。正好邻居叔叔明天去蚌埠出差,我们可以搭他的车到蚌埠,那里是枢纽,去上海的车次会多一点。

我喜出望外,上海、复旦、作家班……对于一个小城文青来说,每一个都是光芒闪闪的字眼,我不知道我爸是怎么打听到的,做父亲的,常常就有这种特异功能。

第二天,我和我爸拎着大包小包的行李上了那个叔叔的车,然而我坐不惯轿车,车行不久,就开始晕车,吐得一塌糊涂,我爸只好带我下车,在路边等来一辆大巴,来到蚌埠火车站。到了那儿就见乌泱泱的都是人,排了很久的队,才买到两张当晚的站票。

那是我平生乘坐的最拥挤的火车,之前,我从不知道,人可以被压缩到这种程度。厕所里站着人,座位底下躺着人,我们几乎是踮着脚站在走道上,不用扶任何东西也不会跌倒。

时不时有乘务员推着售货小车径直走来,一些人只好脚踩座位旁边的栏杆,双手抓着货架,将自己悬空起来,但这还是激怒了那个文着褐色眉毛的乘务员,她叫道:"赶紧下来,瞧你们跟个壁虎似的。"可是,你让人家朝哪里下呢?

就在这一团混乱中,我和我爸画风迥异,我们大着嗓子,试图让声音穿越车轮的铿锵和喋喋人声,我们在谈文学。谈王安忆、王蒙,也谈当时最红的余秋雨,我爸对于我的求学寄予厚望,一点也不觉得这个作家班没有毕业证是个致命BUG(缺陷)。

我们在凌晨五点到达上海站,站前广场上天色青灰,下面是楼群,又高又冷,我心里的那点不确定生出来,虽然是我自己决定退学的,我并没有我爸那么乐观,我知道自己踏上了一条不可以回头的路,这是一条少有人走的路,我不确定自己走得通,我知道我在冒险,我怕我爸不知道我在冒险。

一路打听着,换了两趟公交车,我们来到邯郸路上的复旦大学,报了名,交了厚厚一沓学费,领了蚊帐什么的,我爸带我来到宿舍,帮我铺床挂蚊帐。宿舍里有两个女孩子,都是作家班的,很热情,我爸操着家乡话跟她们交谈,我却感到一丝不安。

就像林妹妹初入荣国府,生怕走错了路说错了话让人耻笑,我爸这么高门大嗓的一口家乡话,她们会作何想?然后我又看到旁边的空床上,挂着一件特别时髦的连衣裙,我想睡这张床的,一定是一个特别洋气的女孩子,她很快就回来了吧?她会有怎样的眼神?

我催着我爸回去,我们下车时他已经买了返程票,我奶奶那段时间身体不好,他不太放心。同屋的女孩子有点不忍,说,叔叔太辛苦了,让他先在这休息一下吧。我爸犹豫着,想去小卖部帮我买点日用品,但又担心去车站的路不熟,耽误了火车,就把口袋里的钱都掏出来,留了几十块零钱,剩下的都给了我。

等到我爸离开,强烈的愧疚感将我完全席卷。那个晚上,站在窗口,对着大片的黑夜与凉风,我哭了。室友以为我是想家了,其实,我是想着还在火车上颠簸的父亲,他有没有座位?能睡上一会儿吗?他如此辛苦地将我送到这里来,最后会不会被证明尽是徒劳?

后来我爸说,返程的火车上人倒不是很多,他一上车就趴在小桌上睡着了。蒙眬中感到有三拨小偷光顾过,翻他的口袋,他头都不抬,就那么几十块钱,贴身放着,小偷偷不去。

下了火车,也是凌晨,没有公交车,旁边的三轮车招揽生意,他一问,要三块钱,他决定走回去。

一路走着,又渴又饿,看到路旁有卖烧饼的,他买了一只烧饼,再走几里,看到卖茶叶蛋的,再来个茶叶蛋,吃下去,还是饿,于是又买了一套煎饼果子,他平时不吃小吃,这次发现这煎饼果子真好吃。这些东西加一起,正好三块钱。

我爸说的时候哈哈大笑,似乎很满意,又有点自嘲。

三

我后来曾多次写过我在作家班那两年的彷徨。我是个敢做不敢当的人,牙一咬眼一闭都跳下去了,掉到半中间开始害怕,害怕不能成功又没有工作,无法谋生,过着朝不保夕的生活。有一次,我问我爸,他当时怎么就不害怕呢?

我爸说:"第一,即使我不是你爸,我也能看到你的才华,我不相信你写不出来；第二，就算运气不好，我除了工资，还有稿费，再养活你十年二十年不成问题。十年二十年以后的事儿，到时候再说吧，提前悲观没有意义。"

后来从作家班毕业，经历了一些波折之后，我进了省城的报社，一直做编辑，业余写稿、出书、写专栏，虽然依然自感平庸，但未必比我继续读高中更糟……

从前我一直没觉得我的经历有什么不妥，但后来我和很多朋友聊过，她们都觉得我爸神奇得不得了，20世纪90年代很少有父母敢纵容女儿不读书，花大笔银子去读那些没有毕业文凭带不来毕业分配的班，黄小姐说她那时候也偏科，但如果她那时敢不读高中，她肯定已经被丢到化工厂扫厕所了……

"你知道你多幸运吗？我们那一代女性，连读书的机会都要靠自己拼命挣回来，我有好几个表姐为了供弟弟读书，成绩好好的，退学出去打工赚钱给弟弟上学……"

所以，如今想来，我爸确实是一个与众不同的爸爸，如果用现在的话来说，我爸对我确实算是真正的富养。

真正的富养不是给女儿金尊玉贵的优渥生活，不是教她琴棋书画带她周游世界,而是给她自由,让她冒险,跟她一起赌个未来。

现在轮到我爸开始他的写作生涯了,我当然是支持他,我会认真阅读我爸这部书稿,尽我的能力,帮他出版,这些文字,对于我和我爸来说,都会是一种很好的陪伴,我相信,在这个过程中,我们都能够了解彼此更多。

在婚姻这件事上，我承认我拼爹了

一

有两年，我活得很落魄，除了不恰当的文学野心，几乎一无所有。就在那时，认识了一个男孩，是人们眼中"条件很好"的那类，最关键的是，他热爱文学，所以多多少少产生了移情。周围的人简直替我感到庆幸，但不知怎的，我自己完全无法接受这个从天而降的"馅饼"。

很简单，我没感觉，是的，我没有理由没感觉，但感觉这种东西，本来就是不讲理的。

但人家要跟我讲道理，周围的人都说，过日子，不就那么回事吗？跟谁过不是过？有人更犀利，说，你现在唯一的本钱就是年轻，可要把这个机会抓住啊。

人声喋喋里，我不知所往，那些夜晚，我知道真正的失眠是什么样，是吃了八片安眠药都毫无睡意，在凌晨的鸡鸣里，感觉自己战斗了一夜，尸横遍野，筋疲力尽，却并没有赢来胜利。

有一天，我爸对我说，如果你不喜欢这个人，就好好地跟人家说清楚。不能看条件，人生里有太多变故，将来人家条件不好了，你怎么办？结婚就得找个一开始就让你满心欢喜的人，像我当初见到你妈，就是满心欢喜，这些年虽然磕磕绊绊，有当初那点满心欢喜做底子，就过得去。

这话我听来并不新鲜，尤其是"满心欢喜"四个字，起码被我爸说了一百遍，也就是说，他起码对我回忆了一百遍他和我妈初见的情形。

在介绍人家里，我爸看着我妈走进来，他眼前一亮，倒不是觉得我妈长得有多漂亮，而是我妈笑容里的淳朴，让他在那个燠热的下午，忽然有了某种清凉感。

我以前听我爸这么说，只当是一段故事，这次听来，却是茅塞顿开，"满心欢喜"不同于天崩地裂轰轰烈烈，而是那种"原来你也在这里"的适得其所。我想这样的体验一生总得有一次,一个决心瞬间在心里生成。

"如果不能够遇到让你满心欢喜的人,不结婚其实也可以,除了幸福,不要做别的选择。"在20世纪90年代末,我爸还这样对我说。

二

只是,有句诗叫作"人生若只如初见",满心欢喜是一粒种子,不见得就能开出繁花璀璨,常有些人用这句诗来表达某种失望:你并不是我当初见到的那个人。

我爸跟我妈差别也是挺大的,我爸算是现在说的凤凰男,打小爱看书,上进心强,特别有奋斗精神,后来参军入伍,转业当了记者;我妈呢,则有点漫不经心,稀里糊涂的,据她自己说,小时候不知道读书的重要性,学的那点知识全还给老师了,后来招工进厂当了工人。

他们兴趣爱好人生观都不太一样,脾气也不一样,我爸比较温和,我妈则很暴躁。

有天中午,家里来了个亲戚,我妈不知道为了什么事儿大吼起来。亲戚替我爸圆场,说:"反正你们也习惯了。"我爸说:"对,我们知道她的性子,子曰,知性可同居。"全家人都笑起来,我妈也笑了,说:"谁跟你同居!"

当时是玩笑,某天我爸却很认真地跟我谈起这个话题。

那次我因为什么事儿被我妈骂得灰头土脸,趁我妈不在家,我爸说:"你不要放在心上。你妈没有恶意,她小时候你姥爷就跟你姥姥离婚了,你妈跟你姥姥相依为命,你姥姥脾气就很坏,经常骂人,你妈习惯了,以为发脾气是常态。"

"有时候我们被人伤害,其实是把对方想象得过于强大,如果你能够对对方加以分析,知道对方也很弱小,你就能够理解对方,理解别人才能放过自己。"我爸又这样对我说,而这个经验,让我后来亦受益不少。

三

不过,面对我暴脾气的老妈,我爸倒也不是逆来顺受,我后来才发现,他也在用自己的方式巧妙地改变我妈。

我小时候，经常见我爸带回最新的《新华文摘》《小说月报》等杂志，推荐给我妈看。于是，在我家的饭桌上，谈文学成为常态。他们谈张贤亮、刘恒、方方、池莉，这在很大程度上调剂了我妈的生活，后来，我发现我爸的这种引导，还另有非同寻常的意义。

我妈原本是纺织工人，穿梭在许多纺织机之间，据我爸说，一天要跑十五华里，还要早中晚三班倒。我妈到现在都听不得闹钟铃声，说心有余悸。

一场大病之后，我妈得以转岗去办公区做勤杂工。这份工作相对轻松自由，获得诸位工友的羡慕。但是我妈自己感觉并不好，老说自己怎么变成"刷厕所的"了呢。

这所谓勤杂工，主要工作就是打扫卫生，这是其一；其二，在办公区不比在工厂区，人被分出三六九等，我妈自认为是在最底层，她半辈子地位不高心气高，因此很是受不了。

似乎就是从那时起，我爸开始鼓励我妈写作的，他说我妈经历的事情多，语言鲜活，一定能写出好文章。我妈不太相信，架不住我爸的撺掇，半信半疑地拿起笔，写她小时候的事，写她的朋友和工友，还真写得有模有样的。我妈的心情渐渐好起来。

我爸帮她把这些稿件投出去，竟然频频命中，我爸特意将联系地址落在我妈单位，于是三不五时，收发叫着我妈的名字，送来样报和汇款单，也算是意外收获。

这件事让我了解到，人是可以自救的，即使身处底层，阅读和写作也能让你自足从而自洽，倒不一定要发表文章。

后来我妈写得并不多，但对阅读的兴趣更高了，张爱玲、苏青这些民国作家都为她所爱。最重要的是，她渐渐找回了在原生家庭里失去的自信，活得舒展了，脾气也好了。很多年之后，她对我说："我找到你爸，知足了。"

你无法改变一个人？不，你只是需要改变自己"改变他人"的方式，其实每个人都期待有人帮助自己做更好的改变，作为伴侣，责无旁贷。

四

现在我爸妈都是古稀老人，我爸依然习惯于鼓励赞美我妈。一道出去吃饭，回来他还会用一种好像完全不带私人感情的决断口气说："今天在座的所有女的，都没有你漂亮……"

我不免问我爸,这么多年过去了,我妈身上到底有什么东西,让他依旧满心欢喜。我爸说,还是淳朴,只不过淳朴这个印象里又加了点别的东西,比如善良、宽容、乐观、勤劳……

"你妈头一倒就能睡着,只有特别单纯的人才能做到这一点。还有,你妈特别容易对别人有好感,有信任感,这也是值得我学习的。读书人,容易看谁都不顺眼,你妈总是能从别人身上看到闪光点,这能够帮我纠偏,我一想起这点就很感谢她。在她身边,会觉得很安宁,有归宿感。"

我爸说得还真是。我爸这个人,虽然有些方面挺直男,但是他同情女性,女同事要是在丈夫那里受了委屈,他由衷地愤愤不平。导致的结果是,经常有阿姨到我们家来,哭诉丈夫出轨等等,我爸总是尽自己所能为之出谋划策。我妈从未有一句怨言或是猜疑,我们都笑话我爸是妇女之友,但内心,未尝不认可我爸的这份善良。

父母的婚姻,是孩子的镜子。我后来找到的那个人,几乎在所有方面都是我的反义词,比如说,我感性,他理性,我急性子,他慢性子,惭愧地说,有些时候,我也会气急败坏地朝他吼。但是,最后结果经常是,我对他说,我错了,你是对的。

找一个和自己不一样的人也很有意思啊,他会让你有更多角度,更大的视野,你是以两双眼睛看这个世界,是不是能看到更多风景?

在婚姻这件事上,我承认,我拼爹了。

第三辑　**小城文青在省城**

回不去的三四线？凭啥你想回就能回？

这一两年来，一线城市房价暴涨，许多北漂动了返乡的念头，有些人还真的回去试了试水，结果发现，京城居固然大不易，回家乡的话更惨。家乡人民观念落后，人际关系错综复杂，根本没有自己的容身之地，还不如在压力虽大但更简单更有序的一线城市漂着呢。

以前屡看这种论调，没有多想，前两天看到某公众号连三四线城市的物价也一并批评上了。

说是襄阳这种地方，吃顿夜宵要 330 元，其中两斤油焖小龙虾就要 260 块，这个典型的中国三线城市，大排档的消费水平超过了一线城市。后来发现襄阳菜价也高，王奶奶抱怨小黄瓜都涨到 1.5 元一斤了，上海的黄瓜批发价才 1.45 元一斤。

蔬菜的批发价和零售价好像不太合适放在一起比吧？至于小龙虾，我到网上搜了一下，襄阳小龙虾确实不便宜，跟长途运输、人工成本上涨都有关系，但这也不能说明三四线城市的小龙虾就比北广上还贵，吾乡阜阳，同样是三四线，两斤装的十三香龙虾88元，一斤装的小份是68块。

评论里襄阳人也不认为小龙虾的价钱就代表整体物价，说前天在超市买的猪肉14块一斤，一碗豆腐面3块，牛肉面10块，在整个湖北省都算低的。

这且不论，只说作者最后得出这么一个结论："三四线收入，一线消费，获得的可能是十八线服务。这些地方弥漫着与付出不相配的回报，难怪当人们高喊逃离北上广的同时，却有人去而复返，毕竟北上广有更多的平台和机会。"

又举了一个来自三四线城市漂在广州的女孩叶子为例："假如只求温饱的话，在家乡还不错，但我住在这里，就是选择了大城市。"结合起来看，仿佛可悲的三四线城市居民，饱受各种压榨，只能麻木地求个温饱而已。

真的是这样吗？我不能说三四线城市人民过得多么好，但似乎也没有这么水深火热。

先说物价,我居住在一个算作二点五线的城市,我妈经常说,这里有很多菜,都比阜阳更便宜,一线城市的比四线城市的便宜也是可能的。但问题是,对于大多数家庭来说,恩格尔系数都处于下降中,伙食费在家庭开支中占比有限。

其他的开销呢,眼下实体店萧条,网购极为便利,价格世界大同,比不出个高低来。真正拉开差距的,还是房价。伙食费最多高个一两成,一线城市的房价可比三四线城市高好几倍乃至十多倍,即使如那篇文章里所言,一线城市企业薪酬是三四线城市的两倍多,也不能冲抵这种差距,更不是买到一斤便宜的小青菜就能窃喜的。

至于说到三四线城市发展空间有限,人际关系盘根错节,我觉得这得从两个方面来看。

首先,一线城市难道就没有错综复杂的关系吗?当然有,大家都懂的。只是,在一线城市,你都够不到了解那些错综复杂。同样,在三四线城市,要是老老实实地在私企打工,人际关系也没那么关键。比如我弟开的影楼,摄影师工资在4000到8000之间,完全看个人能力。

我的便携式生活

抱怨三四线城市错综复杂,认定一线城市是朗朗乾坤的人,只怕主要是没认清自己的位置,在一线城市,你离核心层甚远,回到三四线城市,你离核心层近了点,但并没近到能够登堂入室而已。

只是,在一线城市,你更能放下身段,不怕吃苦受累从头开始,受到多少挫折依旧痴心不改,到了三四线,觉得自己是降维打击,必须所向披靡,平白生出了高不成低不就的骄矜来,有很多工作就没法做了,剩下的选择里,要是被拒绝,那就肯定是三四线太黑暗了。

另外,在个人发展中,学历能力当然很重要,但论起资历,也不应该就被鄙夷。一个人在一个地方混久了,攒下各种人脉,工作起来也熟门熟路一点。你当初离开家乡,许多年来都在一线城市生活,在一线城市感觉更顺当是应该的,凭什么以为,在一线城市混不下去了,一猛子扎到原本有序运转的三四线城市里也能走路带风,如鱼得水,所有的人都会为你让路?

说了这么一大堆,并非为三四线城市辩护,我在四线城市生活多年,深知其中多有不便,但同时也知道,一线城市也绝非天堂,两者各有利弊,城市有大小之分,生活质量未必有高下之辨。

我的朋友圈里有一线城市的朋友和三四线城市的故人,我长期看到一线城市的朋友看各种展览和演出,一到节假日就满世界浪,但也看到他们抱怨通勤时间太长,抱怨买车要摇号,抱怨高得吓死人的房价。

可话又说回来,一线城市的房子升值更快啊,我那些北漂年头比较长的朋友,大多早早买了房子,房价有的都翻了十多倍。前两天还有个朋友在群里兴高采烈地报喜,她的房子现在涨到十万一平方米了。

小城房价也在涨,但毕竟没有大城市那么惊人,有焦虑,也有限。他们的生活节奏相对慢一点,闲来走个路,健个身,甚至做个木工,听上去与时代潮流有些差距,但谁能说,只有奋不顾身地投入时代大潮里的人生才是值得度过的呢?

如今社交平台发达,三四线城市也没那么闭塞了,大家几乎是同步骤地关注热点。三四线的朋友们也经常晒出自己的出游照片,有自驾游,也有普吉岛、长滩岛这样的出境游,虽然不像一线城市的朋友那样几乎把日本当成自家的后花园,但也足以自得其乐。

我的便携式生活

三四线城市熟人多,人情味就浓,坏处是,这种人情味也会形成一种牵制,会被催婚催生等等。但你也别以为一线城市就没有这些,如果你是一个在一线城市也有七大姑八大姨的土著,他们也不会饶了你。所以,重要的不是观念的水准,而是,你在一个地方有没有亲戚。

如果你目光远大,喜欢疏离,抗压性强,当然去一线城市比较好,如果你抗压能力有限,就应该早早在家乡布局。这并不是哪里更好的问题,而是你更适合哪里。

就算你开始不了解自己,一头扎进大城市的汪洋大海里,后来想要回家乡而不得,也是你自己的事,这九百六十万平方公里上又能有多大差别,别被家乡拒绝后,就假装同情家乡人民,更不必吃个夜宵觉得贵了,就能皱着眉头,忧国忧民忧三四线地写上那么一大堆。都活在国情里,哪里都有"你懂的"。

技术进步了，不用去北京了

看《立春》的时候特别有共鸣，为小城文青王彩玲一心想去北京。在2000年之前，几乎所有小城文青都有个北京梦吧？北京是文化中心，是一座具有各种可能的大城，我们当时所瞩目的许多女文青，比如安妮宝贝、赵波，在上海成名后，都毅然决然地赶赴北京，我不知道她们去干吗，只觉得，一定要去北京才能达成所愿。

1996年到1998年，我在阜阳，总是跟我的朋友们说，我早晚要去北京。

因为各种原因，1998年冬天，我来到合肥。我当时认为，来合肥不过是一个过渡。某些早晨，我急匆匆地去上班，杂乱的街景在眼前一闪而过，我已经在内心将它们做旧，我想，总有一天，

我会在北京,回忆这段暂时的栖居的。

1999年的最后几天,我失业了,失业之前已经有迹象,正好又看到北京某新创办的报纸的招聘启事,我投去简历,如石沉大海。我很快在合肥找到新的工作,去北京这件事,再次被当成愿景而退后。

2000年之后,似乎我没怎么动过去北京的心思,并不是京城居大不易,那会儿房价还没涨起来,北京比合肥也贵不了多少。也不是因为没有机会,有几次,我在QQ或MSN上看到朋友们发他们所在媒体的招聘启事,还略略打听了一下,但也只是问一下,更像是出于一种好奇心。

为什么不想去北京了呢?我觉得这是技术进步使然。

我们曾经愿意克服千难万险去北京,是因为小城实在太闭塞了。

当年我长期订阅《读书》,除了半懂不懂地读上面的文章,更留心的是,每期都会刊登的《风入松》的邮购书目。那些书,我们小城的书摊上买不到,新华书店里除了通俗读物就是各类教材教辅。而《风入松》的书目,五花八门,丰富磅礴,我用铅笔在我想买的书下面画线,到邮局汇款,原价之外再加上百分之十五的邮寄费,耐心等上半个月,就会有一大包书从遥远的京城抵达。

至于看电影,就需要更多耐心。通常是我在报纸上看到,张艺谋或是陈凯歌的新作在京城上映了,口碑如何如何,我很开心地期待着,过上半年或一年,差不多就可以看到这部电影了。

小城里当然也没有什么人可以聊天,即使偶尔遇到个把谈得来的,也要注意对方身份,如果人家是有妇之夫,还是躲远点比较好,否则一定是会被人说闲话的。

所以即便小城千般好,我也发出了俄罗斯盲诗人爱罗先珂般的感叹:"寂寞啊,寂寞啊,沙漠一样的寂寞啊。"

后来我到了合肥,情况稍稍好一点,起码我可以在书店里买到更多的书,也能买到正版磁带了。但北京一定更好,所以我还是想去北京。

但 2000 年之后,一切有所不同了,说得再具体一点,就是,网络进入寻常百姓家,上网成了我的日常。

那会儿我们都看《中国青年报》,我按照上面刊登的网址,摸

我的便携式生活

进了一个名叫"青年话题"的论坛,赫然看到该论坛版主就是李方。之前,他关于黄仁宇等人的文章,引起我和我的同事们的议论。我还遇见了我很喜欢的另外一位作者周珣,她和颜悦色、和蔼可亲,我的一篇小文章有幸承她青目,她给予我超出我想象的赞赏。

那个论坛上,高手云集,有苏三、端木赐香、席越,后来创办了大象公会的黄章晋等等。大家每天在上面发帖灌水不止,有时卿卿我我,有时板砖横飞,完全就是一个小社会,成为我日常之外的另一个世界。

2004年,我有幸当选"中青论坛十大写手",并被邀请去北京参加聚会,但因为时间正好和公差冲突,我放弃了这次聚会,也失去了见识后来叱咤各平台的一众知识网红的机会,如今想来,仍然觉得很可惜。

但我出的那次公差也很重要,是去桂林采访书展,从桂林回来时,我想,我这两年一定也要出本书,哪怕是自费。在飞机上提供的杂物袋背面,我拟了一个目录。

等我回到合肥,第一件事就是上网——那会儿只能通过电脑上网,在桂林时我一直处于断网状态,然后我惊异地发现,我红了——在天涯论坛上。

去桂林之前,我在天涯上丢了两个和《红楼梦》有关的文章,几天不见,下面居然盖起了很高的楼。以前写的跟《红楼梦》有关的文章,也被有心人翻出来,在一个人流量很多的子栏目上,就见我那几个帖子轮番翻滚。

还有出版公司给我发私信,包括我最心仪的中华书局,原本准备自费出书的我,突然就处于"一家有女百家求"的局面,我得知了网络的威力,也尝到了网络的甜头。

2005年,我的第一本书《误读红楼》出版。

我也因为这组文章结交了天南海北的很多朋友,比如现在已经成为我的闺密的陈艳涛,她将我推荐给很多人,有的成为我的编辑,有的则来采访我。其中有一篇发在《中国新闻周刊》上的稿件,被华文天下出版公司的老板杨文轩看到,他们当时刚刚策划出版了安意如的《人生若只如初见》,正在寻找下一个有潜力的写作者,于是跟我联系,和我签订了一个两年四本书的出版框架协议……

网购的出现和流行,让我去大城市逛逛街的想法也不再有,

我的便携式生活

虽然我是到2007年才第一次试着在卓越上买了两本书,因为没有网银,选了货到付款,我还有点怀疑,人家能给送来吗?不担心我是瞎写的地址,恶作剧吗?三天之后,当送货员敲开我家的门,我只觉得太神奇了,一个大世界向我打开了。等到我终于办下网银,可以在淘宝上购物时,真的觉得是打开了阿里巴巴宝库的大门。

至于看电影,现在新片上映日期全国同步,来自各公众号的各种评论瞬间刷爆朋友圈。早年我的朋友还曾坐着飞机去上海追明星演唱会,如今明星们很乐于屈尊来我们这种二三线城市不说,高铁也让周围的大城市成为近邻,以合肥为例,去南京最快一个小时,苏州、杭州、上海两三个小时,北京三个半小时……

技术进步,使得地域不再成为一种限制,和我在一栋楼里上班的几个姑娘做的两个公众号,一个娱乐的,另一个女性励志的,都被估值数亿,年入过千万。这在过去是无法想象的。

当然,北京对我还是很有吸引力的,比如我在那里有一帮特别谈得来的朋友,聊得深入乃至于恋恋不舍时,会想起在合肥的寂寞。但我一再反省,这未必是合肥的问题,而是我自己的问题。

在合肥时,我是一个超级宅人,能在家待着绝不出门,这大概像我们会千里迢迢赶赴某个景点,但身边的景点倒不会去。我的微信上,就有很谈得来的合肥的朋友,但相隔不远,倒不好意思提出见面。也许,我应该突破这个心理障碍,主动大胆地走出第一步。

大城市和小城市之间的差距,正在被技术抹平。最近我一个劲儿撺掇娃将来学习量子力学,因为合肥高新区正在筹建国家级的量子力学研究中心,我说,这样,你就能既在爸爸妈妈身边,又能够进入全国最为尖端的研究机构了。

这当然是玩笑,事实上,随着技术进步,将来也许不管在哪个行当,都能够自由穿梭。比如说合肥的滨湖正在建设一个全国金融后台基地,建设银行生产基地、中国银行客服中心等数十家总行级金融后台机构都已经入驻。王彩玲也不必那么郁闷了,她若真有足够的才华,就能够通过网络展现自己,你看横店村的余秀华,不就是这样名满天下了吗?将来,也许还有更多可能。

"仅展示三天朋友圈"怎么就冒犯了你

有次翻某位老友的朋友圈,劈头只见一句提示:"朋友仅展示最近三天的朋友圈。"它像一个栅栏,告知我必须在此止步,我却为之一振,这是多么人性化的设置,我也要赶紧试一下。

在此之前,在某些场合,每当听到别人说"加个微信吧"时,我总是有点纠结。回绝是不礼貌的,不回绝但一边加一边顺手把人给屏蔽了,不但不礼貌,还虚伪。可是,就那么门户大开的,我也有点不安,使用微信好几年了,一直在写朋友圈,最初的朋友圈,跟现在可不是一回事。

一开始朋友圈里只有几个人,是比较核心的朋友,朋友圈近乎一个扩大的树洞,各种吐槽、撒娇、怨念。午夜睡不着的时候,随手发几句碎碎念,若正好有人同样没睡,就能在一条朋友圈下面聊上几十句人生。

那时候,连分组都是非常态,必须发图片,才能出现分组选项。所以,你常常会看到,有人的朋友圈里特别注明,图文无关,只为分组。有时候,人家没有注明,但若你看到一张风马牛不相及的配图,是应该暗暗感谢对方对你的信任或赏识的,起码这一条,你被分进了"允许谁看"的小组里。

渐渐地,朋友圈开始扩大,出去参加个活动,被主办方拉进一个大群,很快,会冒出好几条加好友的申请,有时,还附带着一句半句久仰之类的寒暄。你赶紧通过,有的后来会成为微友,有的就再也没有然后了,双方不但没有进一步进行沟通,甚至连点赞之交都不算。

也许,对于这些社交族群来说,朋友圈是一个社交新阵地,多多益善。我经常看到有人在朋友圈里声称,好友已过五千上限,我曾疑惑他们知交为何如此广泛,直到听到一个人说,他和他们小区所有的保安都加了微信,这疑惑才烟消云散。

我的微信虽然没有添加所有的保安,但渐渐也凑齐五花八门各色人等,有些属于即时性交际,比如卖保险的,卖房子的,一开始还记得屏蔽,但有时嫌麻烦,或是不小心忘了,再加上一向懒得加备注，久之，朋友圈里就有了很多根本搞不清楚是谁的人。

在这样的微信新形势下，早先那些疯疯癫癫、痴痴傻傻、三观不正的话，可不就暴露在光天化日之下了？是可以选择"仅展示半年"的，可是作为一个今是而昨非的人，我自己的想法都瞬息万变，又何必留给别人做呈堂证供？

当然，这么说有自作多情之嫌，谁有工夫把你的朋友圈挖掘得那么深入啊，但小概率事件也不能不防这是其一；其二，万一人家不小心搜索某个关键词搜出来了呢？

所以，这个"仅展示最近三天"的设置太好了，既帮我们躲避了被"挖坟"的风险，也跟这个动辄翻转的时代合拍，偶尔兴至乱言，也不害怕被打脸了，发明这个设置的人，太懂人性了。

就在我欢呼雀跃地用上没多久，突然发现朋友圈里出现很多愤恨之声，有好几位朋友宣布，对于那种使用"仅展示最近三天"功能的，一律拉黑，而这类声音下面，应和者众。有人气咻咻地说："别三天了，我一天都不想看。"

我倒是没被吓到，然后也没被拉黑，只是很好奇地找某个朋友交流了一下，为什么这么痛恨"仅展示三天"。那个朋友说：

"会有一种被拒绝的感觉。"我说:"可是这个功能并不是对于某一个人,是针对所有人的。"那个朋友说:"是这样啊?但并不是每个人都很清楚这一点。"

啊,原来如此。我收回设计者懂人性的话,对于人性,这位设计者只能说是一知半解,单发现了"仅展现三天"的需求,忘了标明这功能针对所有人,若是把那行提示改成"对所有朋友仅展示最近三天的朋友圈",并且将"所有朋友"四个字放大加黑,耿耿于怀的人想必就没那么多了。

这是大家理解力不够吗?但有些文章写得非常好的朋友,也表示不爽,这可能跟语文水平无关,主要还是,"朋友圈"本来就是一个容易产生芥蒂的所在。

如前所言,朋友圈里并不都是朋友,大家原本应该不在乎,但它顶着一个"朋友圈"的名头,又让人无法不在乎。

它看似降低了交际门槛,你随随便便就能够窥视到一个频发朋友圈的陌生人的日常,但是,正因为它降低了社交成本,解除了各种未必不是保护性的壁垒,也让人与人之间的鸿沟,显示得更为分明。

比如，有次我在朋友圈随手发表了一段关于某热门事件的感叹，几天之后，我儿子的乒乓球教练忽然回复长长的一大段，观点不同很正常，关键是口气极其气愤激烈，看得我目瞪口呆。

且不说对错，只说在正常的社交环境里，我和孩子的乒乓球教练，是不大可能争论这些的，首先没有提起的机缘；其次当我发现可能话不投机，按照我的个性，大概会礼貌地一笑，避开交流。虽然写作时我不惮于表达我的观点，但在日常生活中，我并不喜欢和人进行争论，尤其不想和孩子的乒乓球教练争论。

我没有回复他，只是给孩子续班时有点纠结，当然，这也是我太小人之心了。

在朋友圈里，这还只是茶杯里的风波，我的朋友小A碰到的事情更有代表性。她的一位原本算是点头之交的同事，忽然对她冷若冰霜，她百思不得其解，后来经其他同事提醒，才知道那个同事曾经多次在她的朋友圈里点赞，她却并没有礼尚往来，小A这才发现原来这也是一个问题，看来维持点赞之交比维持点头之交更难。

难怪有人发明了这样一个段子，说："我不是故意不回复消息，看到消息就直接用意念回复了，然后放在一边了，我忘掉我事实上并没有回复了。"这一说法被广泛传播,但依旧不足以消解受伤者的心中块垒,有许多人也许就在毫无察觉的时候被拉黑了。

但也有人很想知道自己有没有被拉黑,隔三岔五就会收到"系统检测"的微信,收到者觉得不胜其扰,在朋友圈里表明,恨不得真的拉黑。我不太明白这点打扰何以让他们如此愤怒,就好像他们从没有接到过各种卖保险卖商铺求贷款的电话,一直过着不被打扰的生活似的。

总之,一个"朋友圈",让并非志同道合者,在同一个空间里倾心吐胆,让互相没有信任基础的人,多了勾肩搭背的机缘。在这里,只言片语也许就能激发出巨大的认同,一言不合,也会让曾经的示好,都灰飞烟灭。你会看到各种卿卿我我、恩恩爱爱,在这一团喜乐之下,不可言说的猜疑、委屈、愤怒正汇成暗流,蓄势待发,一发而不可收。

而在日常的匆匆来去之间,人们保持着适当的生物距离,无法似这样图穷匕见。

朋友圈式交际,低门槛,又多血质,使它充满张力,也更加紧绷,在这样的背景下,"仅展示三日朋友圈",被视为一句具有针对性的有敌意的提示,也就不足为奇了。

回家过年，让自己不再是那个疲惫的异乡人

一

二十年前，我刚从学校出来时，有两年找不到工作。

当时就业渠道很单一，除了比较优秀的人自有出路，在我们那小城，到父母单位找个落脚点，成为很多人的选择。虽然"接班"这个概念已经被废除，但解决职工子弟工作，似乎还是各单位的一项义务。我身边有很多人，都是先混进父母单位，占个位置，只要关系过硬，慢慢等，总能等到入编转正的机会。

重要的就是"关系过硬"四个字，够得上的自然顺风顺水，够不上的，主管领导就会嗯嗯啊啊的，毕竟这种事儿不成文，办不办在他们两可之间。

有人高瞻远瞩地看到这一点，即使不为自身发展，为子女铺路，也要和领导搞好关系。我见过最"成功"的一个人，将孩子全部送进政府机关——当时做公务员还不用考。

那时候我爸才知道，他过去把所有可以犯的错都犯了。

我爸性格耿直，并且以此自矜，阴差阳错的，也当上一个小部门领导。有次他陪大领导出差，差旅费由他所在的部门出，领导秘书暗示他住得好一点，我爸显示出了朴素的农民本色，说："好赖不过一宿，睡哪儿不是睡？"结果他选的廉价招待所安保极差，半夜里进了贼，把领导放在床边的一条裤子给偷走了，领导只得拿另外一条裤子来穿，一路上脸色都不怎么好。

我爸当时一笑了之，等到我要找工作了，他才意识到问题的严重性，且不说临时抱佛脚已经来不及，我爸性格原本也没有那样一个弹性。他叹口气说："要么，你再到我那儿干点杂活吧。"

于是我就去了我爸的单位，跑个腿外加捆扎杂志，月薪240元。我爸对我说："如果有人问你在这里干吗，你就说临时帮个忙。"

有一次,我爸的一个朋友晃到我们办公室来。他果然问了,我也按照我爸交代的口径答了,那叔叔一向说话没正形,又把我当孩子,便怪笑一声道:"帮忙——不添乱就不错了。"说完扬长而去,我倒也不觉得怎么受伤,因为他说的是实情。

我只是觉得很有压力。我多次写到那段日子,整夜整夜地睡不着觉,担心自己永远找不到像样的工作,就此坠入社会最底层——我上小学时经常路过一条街道,路边是低矮黑暗的庵棚,住在里面的人脸和衣服都脏兮兮的,漠然地看着过往行人,那种惨伤,给我留下了深刻印象。

我习惯于过早预警,任何事都会朝最坏处想,我是很久之后才意识到,迫不及待地为未知担忧,是我各种内耗里最无谓的一种。

二

就在那期间,我发表在某报的一篇文章获了全省副刊作品的一等奖,以此为契机,和省城一位女编辑成了朋友,有天我去看她,得知有一份即将创办的报纸正在招人,号称年薪3万。

我过去在《随笔》《散文》《萌芽》等杂志上都发表过不少作

品,年少无畏,就跑去报名。之后的面试我表现得也还不错,顺利入选。1998年10月15日,我离开家乡,前往省城。

离去前我和我爸都觉得扬眉吐气,我们不用再去求任何领导了。来到省城,我才发现未免高兴得太早,女友即将去北京和未婚夫团聚,在这个城市,我举目无亲。在报社附近的巷子里租了个房子,二三十平方米,楼道里没有灯,结构又很怪异,门口一丝光也透不进来,白天就不说了,晚上真能黑得伸手不见五指,要打着手电筒找钥匙开门。

有天晚上,有人砰砰砰地敲门,我问是谁,回答说是警察。我打开房门,还真是两三个穿警服的人,他们跟我要暂住证,我说我不知道要办这个。他们问我做什么的,我说是报社记者。

也许是我脸上的诚实,和我摆得满满当当的那俩藤制书架让他们相信了我——有个年轻警察一进屋就在打量那个书架。他们神情和缓下来,说,想不到这里还住着一个"大记者",提醒我注意安全,有时间就去办个暂住证,就客客气气地出了门。我关上房门,余悸未消。

更大的压力,来自工作。我过去写的都是散文,新报纸没副刊,我要去做社会新闻记者。干过这行的想必了解,这个职位,考

验的是综合实力。而我在这之前,连消息和通讯都分不清。

我买了一辆自行车,骑着去土地局采访,寒风在耳边呼呼地吹,耳朵和手指都刀割般地疼。我出来时没想起来戴围巾和手套,让我慌慌张张的原因是,我不大有信心在这个上午,赶到土地局。

我一向路盲,在这个城市更是两眼一抹黑,楼群成片地在我眼前闪过,那些道路的走向,跟地图上显示的,怎么老不一样?

好容易找到土地局,宣传干部拿来一大摞材料,我找不到能让人感兴趣的内容,勉为其难地写了两个三四百字的消息,然后并不意外地被总编室告知,它们在第一个环节就被毙掉了。

考核标准下来的第一个月,我的工分倒数第一,第二个月报社有了新动作,要将记者赶到下面的城市去,我被指定去往一个北方城市。

我来到当地的宣传部和报社,一无所获。有个好心的老记者拿出他刚发在本地报纸上的稿子,说:"你就把这个改写一下吧,帮我带个名字就行了。"我乖乖地在报社办公室改写那稿子,越改越觉得不对,他写的是一个带领群众致富的女人,但我怎么看,这个人都像是一个男人。要来原始材料一翻,还真是个男人,估计这位老记者也想当然了。修订那个错误,算是我对那篇稿件的最大贡献了。

当然我也有一次成功的采访,有天在大街上闲逛时路过一家服装店,人头攒动,进去一看,原来在这里买衣服能获得积分并成为会员,若你能发展别的会员,他们的消费以及以后带入的下线,都能成为你的业绩,让你不断升级,获得巨大回报。

乱糟糟的人群中,一个中年人在慷慨激昂地说着什么。这也太像传销了,我来到工商局,反映此事,工作人员说,这家店面确实有传销之嫌,但它有店面有产品,就当时的标准而言,没法按照传销查封,他们也很为难。

我写了一篇稿子,叙述我之所见与各方反馈,没有做结论,留下一个疑问式的结尾。这稿子后来上了头版头条,并被《中国青年报》《羊城晚报》等报纸转载,但是,那个月,我还是没有完成任务。

三

我觉得我有点混不下去了,领导又老是强调末位淘汰。我要

我的便携式生活

不要就这么等着被淘汰？还是识趣地主动离开？我走在街上，寒风萧瑟，旁边的饭店、服装店窗户上贴着招人的告示，底薪都只有四五百，交了房租就剩不了多少了，养活自己都困难。

我开始想家，想念我以前住的小屋，给朋友打电话，失声痛哭，说我想回去了，我在这里待不下去了。朋友劝我再忍耐一下，说："很快就过年了。你要是这么回去了，这个年你和你家里人只怕都过不好。"

我于是就等着过年。但那是纸媒的黄金时代，所有的报纸都铆着劲儿，过年也不停报，领导说，没成家的新人没准要在报社过年。我听了简直要崩溃，回家于我，就像是找到了一棵树，让疲惫至极的我，能够在旁边躺下来。

还好，腊月二十九，我们被告知，可以放假了。同时，办公室不断地通知来领东西，瓜子、糖果、白酒等等，我用自行车岌岌可危地运回出租房时，终于感到了一丝年味儿。

我们还发了 1200 块钱，不算多，但这是我第一次拿到年终奖，还是有点意外之喜。加上这两三个月我一直苦闷，没有心思花钱，工资也攒下不少，当时银行卡还不流行，我带着"厚厚"一摞现金踏上回家的火车。

上了火车我的心情好了很多。虽然车上拥挤不堪,大多是返乡民工,大包小包填满了肉身之外的空隙,但几乎每个人脸上,都有着一望而知的充实与兴奋,我很难不被感染。挫败感消散不少,我恍然觉得自己也在脚踏实地地建造自己的人生。

到了家我妈欢天喜地地迎上来,揉着我的脸——我在苦闷中一股脑地把自己给吃胖了。我爸跟我谈单位那些事儿,我发现我不自觉地滤去了不快乐的那部分,重点跟他说我被肯定认可的时刻。我的口气沉稳、客观,仿佛已经变成了一个很专业的记者。

过年期间,家中人来客往,亲戚朋友都喊我"大记者",又恭维我爸妈会培养。那个不好好说话的叔叔,也踱着闲步来到我家,跟我询问报社的情况,又说他在省城新闻界也有几个老友。他说出的那些名字,我一个都不认识,但这种对话并非没有价值,它让我感到,我作为一个独立奋斗的年轻人,正在获得应有的尊重。

我还在小区门口碰到了以前一直嗯嗯啊啊的那位领导,他亲切地笑着,说:"我们的人才流失了啊,不过省城天地更大,好好干,前途无量!"

这或许就是返乡过年的意义,对于我们这些谋生于他乡的人来说,回乡过年,不只是与亲人团聚,还是一种修复。说是虚荣也罢,反正,即便精疲力竭,带着也许并不算很多的收获,你回归故里,异乡生涯里的苦涩,会被你忍不住地加上了滤镜,你在家乡积蓄力量,满血复活,准备下一次的出发。

春节还没过完,我已经迫不及待地想要回去好好工作,哪怕是硬着头皮,咬着牙,应对那棘手的一切。

回去之后,我被告知,报社准备开辟副刊版面,我不用再去跑新闻了。我如释重负,到新部门报到。在更适合我的工作岗位上,我年轻人的心气与热情被激活,做的副刊版面得到肯定,我终于感到,自己不再是那个漂流在陌生街道上的异乡人。

很多年过去了,从最初的惶恐到逐渐笃定,但每到过年,在一片急景凋年的气氛中,当年的感觉依旧真切。我还是着急回家,着急地在物也非人也非的背景下,感受当初那个刚刚上路的自己。那次的峰回路转,一直给我后来的人生缓缓地注入勇气,感到奋斗的价值,也知道了回家的意义。

爬大蜀山时你会遇见谁

大蜀山名字气派,实际并不怎么巍峨,最高海拔不过284米,且是孤峰突起,风景也平平。然而这样的规模,最适宜健身式攀爬,你刚刚觉得有点吃不消,已经看到山顶。于是陡生一股不到山顶非好汉的豪情,上山下山,一个体力正常的人,大概需要40分钟左右。

我没事儿喜欢爬山,一度几乎每天都要爬,强身健体之外,还有一个意外收获是,路上总能拾得只言片语,或是瞥到与日常有异的一幕,借这狭窄山路,窥见一个大世界。

有次正走着,忽然身边有人高谈阔论着经过,一个装备齐全的男人对另外一个跟他差不多打扮的男人说,某某就是没事找事,我知道他是想把所有关系都捋顺了,但水至清则无鱼,事儿不能这么办。我最近看了很多书,都在说这个……

他说的某某,恰巧是我偶遇的某位女士的先生,而且一定不是重名,因为那名字并不像张三李四那么寻常。我跟那位女士也是邂逅,但她和我谈了很多感情问题,在她的叙述里,她先生是个无色无味的人,没想到,在单位里还挺雷厉风行的。

我还想听到更多,但那两个人身体实在太好了,像武侠小说里的大侠一样,健步如飞地飘远了。

这样的谈话虽然很接地气,但到底是说人家的事,也还算高远,有一次我下山时,前面一个女人正在情绪激烈地打电话,几乎是在吼:"你以前自己说的,我不养你老,你不给我带孩子,你现在跑到电视台说我不养活你,我啥时候说我不养活你了!"

天哪,这是真的吗?我以前挺爱看电视上那些调解节目的,但有时候也怀疑是演的,毕竟咱们的传统是家丑不可外扬,电视台得给多少钱,有人愿意去说这些?没想到这爬一趟山,还遇到当事人了。又或者,她这么高门大嗓的,是不是在拍节目啊?我装作不在意地四处观望了一下,并没有看到摄像头,生活果然比电视上演的更狗血。

当然,更多爬山的人,不会背负这么沉重的现实负荷,我曾见有人飞快地沿级而下,将《蜀道难》背得气贯长虹,大约是大蜀山这个名字引发了他的联想,多背几首诗词,真的能给寻常生活增添光彩,你看人家这不随随便便就发起了思古之幽情了吗?

又有一次见到前面的男子忽然回过头,低首,双手合十片刻,再继续往前走,我好奇地上前,只见地上有一只被他不小心踩碎的蜗牛。

在山路上,还会遇到很多很多的树,挂着木牌,写着它们的名字和来历,有时会让我想起《红楼梦》里大荒山青埂峰下,那个石头上"历历有字",有时又会让我想起幼儿园里,每个小朋友胸前,都会别个小手帕,写着可爱的名字。

有时体力不行,爬得上气不接下气,一抬头,看见那棵"盐肤木",就知道山顶已经不远了。这棵树尚且幼细,我总想着,等我老去时,它就能够长得枝繁叶茂了,那时候多少世事消散如烟花,这棵树,却会一直在这里。

我还曾在夜晚爬过几次山,夏天能看见萤火虫缘路忽明忽暗,看见更为闲散的人。山在这里,而且一直在这里,不用担心有愚公看它不顺眼,也不用担心它被拆迁,想到这里,就觉得心安。

从你的小世界路过

好多年前,我从北京坐火车回来,那时还没通高铁,软卧就算很高级了,那天因为各种原因,我坐的就是软卧。

在车厢门口,我不小心撞到一个人。撞人不算什么,道个歉也就是了,问题是,我把他手里拿着的火车票,撞到铁轨和站台之间的缝隙里了。

一个年轻的列车员看到了,他说,你们先到铺位上,我来帮你们够。

我的铺位离车门不远,我坐在铺位上,听着车门那里的动静。列车员应该是找了个钩子之类的,能听到金属撞击水泥的声音,这声音响了好半天,似乎并没有什么效果。

这时一个男子的声音加了进来,劈头盖脸地骂那列车员,说他笨,什么事儿都干不好。这位应该是个小组长或是列车长之类的角色,我觉得他很无理,你聪明能干你来够啊,有骂人这会儿工夫,那个票估计都被取出来了。我正准备上前去看一下情况,却听那个列车员反击了。

他不是就这件事反击,而是历数他的上司在过去的岁月里对他的各种羞辱,一桩桩一件件,如波涛汹涌,如大海翻腾。想来他对上司的"欺压"早已不满,却被我这么不早一步也不晚一步地赶上了,就像我不早一步也不晚一步地把人家手里的火车票撞到站台与铁轨之间的缝隙里。

他的上司当然不是吃素的,并不分辩,而是大着嗓门回骂他,依然是骂他笨,说多少年都没见过像他这么笨的人,笨死算了。那意思就是,一个人蠢到这个地步,其他什么都不用说了。

俩人吵得天翻地覆,同时混乱非常,完全是靠情绪层层推动,这个时候,作为肇事者,也不知道该说什么好了。好在被我撞掉车票的那个人站了出来,他大人有大量地说:"你们俩别吵了,那个车票也不用够了,我有办法出站,也有办法报销。"

我的便携式生活

可是,正吵在兴头上的两位哪里听得进去他的活,最主要的是,他们俩的怒火,其实已经跟这张倒霉的车票无关了。在"受害者"出面说和未果之后,他们又继续吵了好半天,才以上司的渐渐闭嘴和列车员哀怨的不绝如缕渐渐结束,但是这事儿真的完了吗?他们之后怎么相处呢?这件事挺让我悬心的。

到站后,我和那位"受害者"前后下火车,一辆奥迪A6开到站台上把他接走了,人家的从容是有资本的。当然,他是个好人,愿他在他的领导那里,不会受到类似的为难。

作为一个非常宅的人,我的大部分人生经验,都是在对路人的观察与脑补中获得。有次我去苏州,在某个商场门口跟一位扫垃圾的阿姨问路,她一开口,竟然是吾乡口音。乡情外加八卦精神,让我不由得打听她是不是一个人在这里,怎么会到这里来的。

她说她出来好多年了,老伴和儿子媳妇都在老家,她不想回去,带小孩更辛苦不说,还像吃他们一碗闲饭。她现在干这个活儿,管吃管住,一个月还有三千块工资,冬天冻不着,夏天热不着。儿子媳妇有时候也有意见,给些钱他们就没意见了,比回去强太多。

她的话引发我思考,在吾乡,我多次看到有老太太任劳任怨,怀里夹着一两个娃还受儿媳妇的气,她们只敢抹眼泪,沉默无语地缩到角落里。与受气相比,她们更害怕晚年没有着落,虽然她们付出很多,但家务劳动在我们这儿向来是没有人给计价的,女性是这样,老太太尤其是这样。

我们不说社会保障这些大题目,只说这些老太太若是多个选择,即便在家待着,活得一定更有底气,对于强势的儿媳,也是一种制衡。但是,能像这个老太太这样有勇气走出家门的又有几个呢?这也是很多女性的局限,她们自我束缚,害怕家庭之外的天地,失去了讨价还价的资本。

当然,仅仅有勇气是不够的,自我觉醒也很重要。有次我娃和他同学在体育馆打篮球,我和同学的妈妈在一旁观看,过来一个老太太,也是打扫卫生的,跟同学的妈妈认识,她们在我身后聊了起来。

我听见这老太太打两份工,早晨五六点钟就出门了,晚上九十点钟才能回去。老太太转身离开后,我感叹她也太辛苦了,同学的妈妈说,怎么说呢?她其实也有问题,她自己出来打工,任由儿子儿媳在家里待着,他们买了两套房子,生了俩娃,她自己把自己弄得这么辛苦的。

她说得很对，更重要的是，我在这个老太太身上看到很多更年轻的女性的缩影，她们是职业女性，甚至做到很高级别，但还是觉得为家庭牺牲是一个女人的义务。许多年前，我曾见一个女官员，风度气质能力俱佳，但有人遥指着她告诉我，1980年前后，她丈夫非要她生二胎，想要个儿子，她因此背了个处分，不然她能升得更快。她丈夫远不如她优秀，现在还有个小三。

我说，那她为什么不离婚？"离婚？"言者呵呵地笑起来，并没有回答我的问题。

走在大街上，我总是竖着耳朵，我喜欢听不相干的人说话，多过场合上的热情敷衍。有时候滔滔如江河般的长篇大论都是废话，晤言一室之内也未必能表达多少诚意，而萍水相逢擦肩而过时，灌进耳朵里的几句话，常常更有世态炎凉，人世真相。

若不是心穷，谁愿意让娃负重前行

前段时间家里人出差，给娃的作业签字的活落到我头上，签字前当然要看一眼，这一看不当紧，差点没把我看吐了。

这是一个胃不太好的人，遇到完全看不懂、没法下手因此感到头晕目眩的事情时的本能反应，摆在我面前的娃的数学作业，就给我这种感觉。

当然我是学渣，但我读小学时数学还挺好的，经常考满分。虽说丢下书本多年，却也能够判断出，如今的孩子，课程难度超出我们当年的功课不知多少。而我们小学时，还没有英语这门课，他们的功课比我们重得太多了。

学校里要求也高，我娃学校里的孩子，各门功课平均分都九十多分，印象中有一次英语期末考试平均分是九十七分，这意味着，要有很多孩子考一百分，其他的孩子，也不能考得太差。

这种现象并非我娃学校独有，这几年我所在城市的中考分数也越来越高，让我的一个985大学毕业的同事都啧啧感叹，她说虽然高考扩招了，但放在今天她还真不敢保证自己就能考上好学校，这届的娃，和娃的家长，实在太拼了。

我因此对这一代孩子产生由衷的同情，他们再也不能如我们那样，在记忆里有许多棉花糖一般轻灵惬意无所事事的光阴。所以，从根本上说，我是赞成减负的，根据我的经验，中学时学到的大多数知识后来都用不上，又没有乐趣，与其这么莫名其妙水涨船高地拼分数，不如帮孩子腾出点工夫来，去学点他们喜欢的东西。

但是寒假时，一个农村小亲戚的到来，使得我对减负这件事的现实性感到困惑。

这个小亲戚以前也经常到我们家来，我们每次谈起他，都有些心疼。他小时候是留守儿童，父母不在身边，虽然爷爷奶奶疼爱有加，但在学习条件上，跟城里小孩不能比，小学时都没有开英语这门课。看看他，再看看周围打幼儿园起，就在学费不菲的英语培训机构学习的孩子,很难不对他的未来有隐隐的担心。

这次他来,却跟过去完全不一样了。去年夏天,他离开父母,进入县城一所私立学校读初一。我以前单知道这个学校没有双休日,上十天课,放三天假,已经觉得这娃很不容易,这次寒假他来我家,我才发现,他的处境比我想象的更为水深火热。

他在学校的作息时间是这样的,每天早上五点半起床,洗漱,六点到达教室,加上自习,一天总共有十五节课,晚上十点多才能回到寝室。下大雪也是如此,而且寝室和教室都没有任何取暖设施。

我听得不寒而栗,我活到四十多岁,都没遭过这样的罪,问这娃觉得苦不苦,瘦瘦小小的他口气平静,说:"一开始觉得受不了,习惯了就觉得挺有收获的。"

他刚来时英语跟不上,从最简单的 ABC 学起,还曾为城里同学所耻笑。但老师说,她带了这么多届,早就发现,最后英语学得好的,都是以前没有学过的,跟龟兔赛跑一个道理。

这说法有点夸张,但这个孩子的确通过这种暴风骤雨式的加速学习,一点点追上来了,如今他掌握的词汇量可能还是不如学过英语的孩子,但语法上并没落下太多。

生活上依然是苦的,他们食堂的米饭常常夹生,蔬菜煮熟之后,你依然能够判断出,它们没有被认真地洗过,但这个十二岁的孩子,已经下定决心,在这里度过他奋斗式的青春。

他的这种坚定,跟他对现实的了解有关。

孩子的父亲是家乡那一带出了名的能人,以缝纫为业,也曾带了一茬又一茬的乡亲出门打工,十分风光体面。但是这个行当风险也多,比如说,对方经常拖欠货款,最惨的一次,到了腊月二十九,才发现对方老板跑了,他和他带的小队伍血本无归,连乡亲们的工资都发不上。

几经跌宕,他心灰意冷,不再带人出门,就靠自家的一点手艺糊口。惨淡光阴里他反省自身,觉得他落到这步田地,就是因为当初太聪明。

当初他奶奶做裁缝,忙不过来,就叫小孙子们课余时间帮自己干活。别人一上午缝两只袖子,他能做好一个小褂。奶奶高兴,特地煮个鸡蛋给他吃,他恋着这只鸡蛋,做缝纫活特别积极,读书上自然没那么用心了,结果别的兄弟都考上中专大专,跳出农门进了城,当了教师或是公务员,虽然现在过得也不算特别好,但风吹不着雨打不着旱涝保收的,比他安逸得多。

他因此发现对联上"耕读传家"四个字里面的朴素真理,耕种是为了生存,读书才能有发展,村里是有那种不怎么读书也发了财的,终究是小概率,而且很容易成为一时一地的事,穷人家的孩子,以读书改变命运,在我们的历史中,是大概率,是颠扑不破的真理。

孩子进城读书,他也是心疼的,那孩子原本就不胖,进入学校十几天,居然又瘦了十斤。但有什么办法呢？他们拼不了钱,拼不了别的资源,只能拼谁最能吃苦,虽然说如今寒门已经难出贵子,但他们也不指望有多贵,只希望能够通过坚苦卓绝的努力,填平和既得利益者之间的沟壑。跟这些孩子谈减负,怕是有"何不食肉糜"之嫌。

我这个小亲戚也许是个比较极端的例子,但是,这种指望奋斗填平沟壑的心态,非常普遍。最近奥数比赛被叫停,在某个家长群里,一片哀号,家长们心疼孩子为之付出的努力,但更重要的是：没有奥数比赛成绩,我们靠什么择校呢？

众所周知,教育资源极不均衡,想要进更好的学校,通常有两条路,一是拥有或是买个学区房,二是择校。

我的便携式生活

学区房实在太贵了，以我所在的三线省会城市为例，一个破旧不堪的学区房，一平方米也在两万左右，至于好的小区，甚至卖到四万左右，这对于大多数工薪阶层来说，都是一个负担。择校呢，通常要交几万择校费，相对于买学区房，要轻松得多，但这钱不是你想交就能交的，要么你关系够硬，要么你家孩子足够优秀。

这个优秀，就需要通过各种证书来体现，比如奥数比赛、英语比赛、信息学比赛等等，这类比赛取得成绩虽不易，却让买不起学区房也找不到关系的家长看到一线曙光，是命运关上所有门之后为他们留的一扇小窗，拼，是他们握着的唯一筹码。现在，你其他的门并没有打开，却把这个小窗也关上了，让人怎么不着急？

有学区房或是能择校的人也着急，一山更比一山高，你不知道人家眼里有着怎样的山，在眼下这个人人都因为恐惧于不可控而更加想拼命掌控一切的时代里，贫穷感几乎成了一种流行病。

最近刚刚看到一个帖子说，二点九亿才能实现财务自由，有朋友说这样想的人太贪婪，其实说这话的人，想的也许不是二点九亿的荣华富贵，而是需要二点九亿才能填平的风险。

二点九亿难挣，但争取到更多的资源，能够让人获得更多的安全感。孩子读个好学校,有个好成绩,出类拔萃,有选择的自由,就是在占有更多资源的路上,赢在了起跑线上。

在一个并不理想的环境里,做一种过于理想化的设置和操作,这可能是家长们怨气冲天的缘故。当然,从长远看,减负是应该的,而且必然的,只是,在减负的同时,应该有足够的考察和前期铺垫,否则,一些孩子难免会成为牺牲品。

虽然放眼历史长河,必然会有人做出牺牲,但如果我们把自己设置为牺牲者而不是受益者,目光怕是不会再那么淡远了吧。

陪娃强行消费升级的老母亲

很喜欢的一个公众号叫"生活小事",作者丹萍把各种生活小事写得很有趣。不久前,她发了一篇题目为"暑假碎钞机消费清单"的稿子,说暑假里由娃娃导致的消费高达十万。

这个数字并不让我非常惊讶,我觉得有趣的是文中提到一个细节,说娃去北京上兴趣班,因为各种原因,必须住在一家五星级酒店,一天七百五十元,一共二十天,丹萍同学咬牙订了房间,觉得要用到穷尽,于是把自己的老妈召到北京来享受,老妈又带上了小闺女家的大宝。

丹萍和老妈晚上住在五星级酒店旁边的青年旅社,白天则去那个五星级酒店晃悠,她说:"虽然房费贵,但还是占到了便宜。"

看到这里我忍不住笑出声,我太熟悉那种感觉了,就是那种因为孩子不得不大幅度地消费升级,事实上自己并不十分习惯因此暗戳戳地想办法找补的感觉,我在这个细节里,看到包括我在内的许多人的脸。

我们这些70后、80后的老母亲,差不多都成长于物资匮乏的年代,节约不仅仅是一种习惯和美德,还像孙悟空用金箍棒画的那个圈儿,不小心迈出一步半步,心里就会有点不安。然而这种禁忌终于被打破,因为孩子来了,消费瞬间大幅度升级,在关于孩子的事情上提节约,良心真的是要痛的。

我还记得我怀孕之后的第一次大采购,跟另外一个孕妇一起,虽然我们貌似很会过日子地来到了批发市场,但是那个市场上并不乏高档货。那个准妈妈很有经验,跟我说,××在日本,是皇室养娃指定用品,咱们就买这个吧。

那,好吧。虽然在遥远的2006年,那个品牌的价格让我还是有点吃惊的,比如说,一个分装奶粉的小塑料盒,就要四十多块,我印象中超市里这类塑料制品,充其量十多块。但是转念一想,贵有贵的道理,你又不是没有这四十多块。

抱着这种心理,买了两大袋,其中包括能随着温度变色的勺子，带小灯的耳挖，以及我现在已经记不得的各种稀奇古怪的东西，花了三千多。

有些东西家里原本也有，比如指甲剪，但是那位准妈妈说，大人用的指甲剪不能给娃用，容易伤到不说，万一交叉感染呢？婴儿抵抗力比较弱。我觉得她说得非常有道理，花了四十多块买了个婴儿用的指甲剪。

后来我发现，给孩子花钱，有一个理由特别强有力，"你又不是没有多少块……"，这个"多少"可以是十位数，也可以是百位数、千位数、万位数，只要抱定了倾己而出的心，性价比这件事就被完全抛到脑后了，孩子的事再小也是大事，万一花出去的那笔钱，影响了娃的一生呢？

这就导致消费的飞跃式升级，像丹萍这样，以前住青年旅社的，现在住五星级酒店，有人原来去趟杭州都要犹豫，现在却陪着娃游历了欧洲。我所在的这座三线城市，我娃的同学，有不少暑假都去了欧美"游学"，如果不是我娃执意不去，我也会把他送去的。我不是很了解别的国家的情况，但中国城市里很多孩子的物质生活，我觉得是可以跟国际接轨的。

但另外一方面，做父母的收入没接轨，孩子的优裕，是做父母咬牙堆出来的,并不是一丢丢肉痛都没有,有意无意地,就想找补回来。

比如我的一个朋友,小时候无休止地听父母说没钱,长大后买东西总先看价钱,价钱"合适"一切就都"合适"了,她后来就下定决心,不让娃成为自己这样的人。

有次她带娃逛商场,娃一眼看中了一双某名牌的新款,她瞟了一眼标签,高达一千八百块,可怜她自己这辈子还没穿过超过五百块的鞋子,但她想到自己永远退而求其次的童年,把嘴边的话咽了下去,换成另外一句,"喜欢就买"。

只是娃三十九码的脚,她却让售货员拿了双四十一码的鞋,一是想着孩子脚长得太快;二是她老公的脚是四十一码的,将来娃穿不了还可以给老公穿。

这算盘打得不能不算如意,然而不到半年,鞋头就被顶出两个小洞,小孩子穿鞋就是这么费。她拿着那双已经看不出身价的鞋子,想出一个主意,洗干净让老公在跑步机上用,也算物尽其用。

听起来又好笑又有点惨,咬牙陪娃一起消费升级的老母亲,真是各种不容易,自然也是各种吐槽,但是你若是留心听,会发现,这种吐槽的底色,还是开心的,毕竟,是在尽全力给孩子最好的,爱终究是一件快乐的事。

可是,这种强行升级到底对孩子成长是否有好处?等到孩子长大成人,父母老去,会不会有一次大幅度的消费降级,他们能否正确面对?更重要的是,有很多快乐,来自适度匮乏,没有过饥饿感的这一代人,会不会很难体会到吃饱的快乐?饫甘餍肥的他们,会不会生出淡淡的无聊感?

不过我也有朋友,因这消费升级而受益。一个朋友最近学会了非洲鼓,本来是她家孩子要学的,这个朋友忙不迭地交了一大笔学费,不承想这家伙三分钟热情之后,死也不肯再去,她舍不得那笔学费,干脆自己去学,倒也因此多了一门才艺,比那个集体住五星级酒店还要划算。

另一个朋友则是在陪孩子四处漫游的过程中改善了自己的消费观,发现升级之后,日子惬意了,也不是过不下去了,渐渐地,她不但在孩子身上舍得花钱,给自己和家里其他人花钱也放开手脚了。

消费升级有利有弊,还是要适度,要看个人的承受能力,还有个人的消费偏好,这就是个很微妙的事了,只能由当事人自己衡量。

第四辑　我的便携式避难所

新《红楼梦》为何不如 1987 版《红楼梦》

一

1987 年,我是一个六年级的小学生,忽然之间,生活里出现了一件大事:电视上放起了《红楼梦》。屏幕上静态的飞来石,击中原本行云流水的日常。

串门的邻居谈论陈晓旭和欧阳奋强;家家都订阅的广播电视报上,连篇累牍地报道着当时还称作"花絮"的幕后八卦;更严肃的报纸就陈晓旭是不是理想的林妹妹展开争议;连老师们监考时,也会忙里偷闲地就这个电视剧聊上几句。

岁末时候,女同学根据关系亲疏,决定送对方印有林黛玉的那张明信片,还是贾迎春那张;收到的人,亦暗中思度,以金陵十

二钗受欢迎的程度,衡量出自己在对方心中的地位。

我们用录音机听音乐,将《葬花词》《枉凝眉》听出审美疲劳。我一个人坐在房间里,把秦可卿去世时的那首《大出殡》听了一遍又一遍,听出"白茫茫大地真干净"的悲凉。

1987版《红楼梦》,是很多70后女生的童年记忆,一边看,一边意犹未尽地去看原著。常有人问我怎么把《红楼梦》读得这么熟,其实我们很多同龄人都是这样。

尽管如此,二十年之后,闻听有公司筹拍新《红楼梦》时,我还是满怀期待的。老版本已成珠玉在前,但并不完美。当年播出时,就有很多专家将不满表达得很尖锐。1997年,王安忆还在说:"电视剧《红楼梦》里那一群小姐,不知为何一律那么'嗲'。说起话来尖起了嗓子,眼睛活动游转,神情又是那么娇嗔任性……电视剧《红楼梦》里的那一伙,该归作花旦,一群小丫头。"

即使导演王扶林本人,也对林黛玉的不够漂亮深感遗憾。后来我多次重看这部电视剧,发现,剧中上了年纪的演员,比如贾母、邢王二位夫人、尤氏等,演技也明显更好一点,年轻演员则多少有点舞台腔。

如今重拍《红楼梦》，没有资金匮乏之虞，资讯传播更广，挑选演员的余地更大，在我想来，这是一件可以寄予期望的事，但等到它一拉开序幕，我发现，我过于一厢情愿了。

二

先是轰轰烈烈的选秀，无远弗届的宣传，美丽的女孩纷至沓来，但选手朝台上一站，怎么都不是那么回事了。王安忆老师若是看到，估计会觉得自己欠老版演员们一个道歉，跟眼前这些眼波横动伶牙俐齿的小姑娘一比，陈晓旭她们都称得上木讷了好吗？

比演员戏更多的，是导演和制作方，原本拟定的导演胡玫，因演员人选与资方闹翻，双方各自接受采访，最后是胡玫出局，李少红临危受命，结束了这人仰马翻的纷乱局面。

这也许是更好的结果？胡玫的《雍正王朝》里宫斗拍得很精彩，但一到谈情说爱的时候，就有点怪怪的。李少红的《橘子红了》和《大明宫词》唯美精致，这位更懂女性的女导演，也许更能得《红楼》精髓？

当新《红楼梦》一面世，我发现，想得太多的人，必然被生活

屡屡欺骗。

先说演员。书上是怎么描述贾宝玉的?"面若中秋之月,色如春晓之花,鬓若刀裁,眉如墨画,面如桃瓣,目若秋波",是一张圆润明朗堪称姣好的面孔,还有点女性化,曾被龄官误认为是个女孩。

欧阳奋强正有这样一张脸,锦上添花的,还有他眼睛里那种天真懵懂,使得他和女孩子们在一起时,即使打打闹闹,也毫不违和。

于小彤却是个锥子脸,眼睛细长,带点蔫坏,倒是符合当下的审美,但去演贾宝玉,就不是那么回事。一着急就眉眼乱飞,没有被养尊处优的生活蓄养出来的懒洋洋,情深在睫更是谈不上。

演林黛玉的蒋梦婕不能说不漂亮,演个小家碧玉绰绰有余,但眼角眉梢哪有黛玉那种"孤标傲世偕谁隐,一样花开为底迟"的清高寂寞?和小毛孩子似的于小彤在一起时,全无CP感,很难想象这俩人会"一个在潇湘馆临风洒泪,一个在怡红院对月长吁",他们更像是在闹着玩。

凤姐就更像个笑话,姚笛选秀时是宝钗组的冠军,第一次宣布演员名单时,她变成了黛玉人选,到最后尘埃落定,她要去演凤姐了。

姚笛很漂亮,但单凭美貌,也不能够这样肆意在宝钗、黛玉、凤姐三大女主中穿梭。

老版《红楼梦》里也有易角的情况,比如张莉本是要演紫鹃的,最后变成了宝钗;本来有望扮演宝钗的郭霄珍,最后演了湘云;袁玫落差比较大,从宝钗变成了袭人;最不幸的是原本扮演贾宝玉的马广儒,只是临时被叫去和凤姐对了场戏,发现他演贾瑞也不错,就愣是从男一号变成个过场人物。

但是,我们看电视剧,会发现,张莉确实最适合演宝钗,郭霄珍演湘云也比演宝钗更好,袁玫要是演了宝钗而不是袭人,这两个角色的魅力只怕都会大打折扣,导演做这种调整,纯粹为角色着想,甚至王扶林纠结着陈晓旭不够美却也必须用她,也能看出一个创作者可爱的执着和底线。

新《红楼梦》的择角过程,明显要复杂得多,都想用自己的人,都知道演完之后这些人就是一棵棵摇钱树。在这种充满俗世算计的角力中,想要选出诗情画意的红楼梦中人?那真的是播下跳蚤而希望收获龙种了。

三

倒是有个李沁虽不似宝姐姐脸若银盘眼如水杏,那种气闲神定,很得宝钗几分神韵。可是,在新《红楼梦》里,她的气质,被铜钱头压得荡然无存,这不是她一个人的遭遇。

看新《红楼梦》,满眼的铜钱头乱晃,想在其中把凤姐和秦可卿辨认出来都不容易,更别提尤氏、李纨这些相对边缘的人物了。

这也许是李少红对选角不固执的原因,我们回过头来看《橘子红了》和《大明宫词》,不难发现,她着意于营造气氛,多过塑造人物。

赵文瑄曾经抱怨他在《大明宫词》里扮演的角色,台词怪异拗口不像人话,但那有什么关系呢?只要看上去有调性,就有人买账。作品气质更加女性化的李少红,在审美品位上,有着她的一种强势。

但是,《红楼梦》不是《橘子红了》或《大明宫词》,不是一个可以任人捏圆捏扁的东西,当李少红非要这么干时,新《红楼梦》的不伦不类就在所难免了。

演员造型已是怪异,背景音乐堪称诡异,不管剧中人是在吃饭喝茶还是聊天,忽而就飘来不明所以的一声哼哼哈哈,像是京剧唱腔,又像是女鬼夜哭,扰民且来得莫名其妙,如坐针毡地忍耐片刻,终于忍无可忍地关掉了事。

太虚幻境被拍得像地狱,而原著中分明说那里是"珠帘绣幕,画栋雕梁,说不尽那光摇朱户金铺地,雪照琼窗玉作宫……鲜花馥郁,异草芬芳"。书中的宝玉恍恍惚惚却也心旷神怡,电视剧里的贾宝玉却被眼前的光景唬得一惊一乍,配上那小脸小身板,好不可怜见的。

有人说,新《红楼梦》不尊重原著,单看剧情似乎冤枉了导演,剧情与念白,都是在原文的基础上略作修改。它对原著最大的不尊重,是把一场关于灿烂青春的回忆,用各种手段,变得矫揉造作,鬼气森森。连一向混不吝没正形的王朔,都指责制作方自作聪明,老老实实按照曹氏原著拍就行了,整什么幺蛾子?

曾和一位业内人士谈及此,她说,导演总得体现一点自己的理念吧,要李少红对原著亦步亦趋,她只怕是不会甘心的。

那么我们回头看1987版《红楼梦》,会发现创作者最大限度地体现了对这部巨著的尊重,导演无意于建立自己的独立王国,而是苦心孤诣地,用各种方式,还原原著里的春花秋月,繁华与凋零。

据有心人统计,1987版《红楼梦》单是黛玉的衣服就有44套,色调清淡雅洁,精致的镶绲,飘逸的丝绦,缠枝刺绣,梅与竹的多次运用,恰到好处地烘托出黛玉之美。还有宝钗、凤姐、贾母等人的着装,无不用心良苦。

演员们的日常是这样的,早晨形体训练,上午聆听由曹禺、沈从文、周汝昌、蒋和森等大家组成的"超豪华专家团"授课,下午排小品,晚上还要来一番琴棋书画的演练,要将演员们带入梦中,不管有没有做到,与新《红楼梦》只是"借一点茄子香"完全不同。

四

那么,新老两部《红楼梦》的差别是什么造成的?是新《红楼梦》制造方太肤浅、自私?或者干脆就是他们人品有问题?倒也不是,归根结底,还是时移世易,在当初,制作方认定自己在拍一部鸿篇巨制,二十年后,新《红楼梦》的制作方,慧眼如炬地认识到,自己是在运作一项文化产业。

当我们谈 1987 版《红楼梦》时我们在谈什么？我们谈的是一个已经消失了的文学盛世。1987 版《红楼梦》从选角开始，就展示了那是一个文学气质勃发的时代。陈晓旭最初被剧组所注意，是因为她在信封里塞进了自己发表的两首小诗——在话剧演员这一身份之外，她还是个业余诗人。

这不是歪打正着，在那个时代里，一砖头下去，撂倒的不是老板或经理，十有八九是个诗人。少男少女们都是以背诵朦胧诗的方式谈恋爱，读诗和写诗，是所有稍有点文化的人的日常。

人们也对《红楼梦》高山仰止，对林黛玉的认知是一个大才女，这使得导演选角时最终舍颜值，而取其通身的诗意，放在如今小花与小鲜肉盛行的时代行吗？更不用说各种带资进组了。

而 1987 版的演员们，对于角色，也是以身相许。他们的演技都不能说很高，否则也不会出了这部戏之后，基本都再无建树。他们在《红楼梦》里，跟角色如此贴合，完全是靠了对角色的投入，后来，他们的命运，不知不觉中，按照剧中人的路子去走，似乎也就不足为奇了。

比如陈晓旭之红颜薄命，比如欧阳奋强虽然过得还不错，却很奇怪地有了一张饱经沧桑的脸，比如郭霄珍之流离坎坷，再比如饰演贾探春的东方闻樱果然成了一个"女强人"……

人们都嗟叹这巧合,却不知,三年拍摄过程,他们与角色朝夕相处,耳鬓厮磨,渐渐人戏合一,呈现出这样一种状态,也是一种"不魔疯不成活"啊。这种不计回报的投入,也是那个张扬诗意与理想的时代的产物。

甚至连投资方都是这一挂的,听说《红楼梦》拍着拍着没钱了,九位山东农民企业家辗转找到剧组,表示愿意借钱。后来电视剧播出时,倒是在片尾打上了"鸣谢"字样,但那个年代,这种鸣谢的含金量也有限,反正,牵头的企业家后来还是破产了。

新《红楼梦》筹备于 2007 年,激情燃烧的岁月已经过去了。对于投资方与制作方,《红楼梦》作为一个大 IP 的意义,多过它的动人心魂。

这使得新《红楼梦》虽然无法成为经典,却成为挑选流量明星的先行者,杨幂、赵丽颖、杨洋、李沁……乃至和凌潇肃好上以前的唐一菲,被卓伟拍到以前的姚笛,个顶个都是重量级小花和小鲜肉。

顶尖的颜值,最炫酷的气氛,力图以声光电色来先声夺人,把所谓内涵丢到一边,李少红的这种理念被后来包括郭敬明在内的各位导演贯彻得更为彻底,他们成功了。

李少红没能成功,在于,第一,那毕竟是2010年,文学气氛虽然已经不及20世纪80年代,人们对文学本身尚且存有敬意,还会去追问内涵;第二,她磕的是《红楼梦》这部伟大作品,自有其排异性。李少红像一个不甚高明的媒人,非要把完全不合适的两个人弄成一对,最后必然不能花好月圆,即便勉强捏合在一起,也非常地尴尬与别扭。

换一个导演呢?可能不会像李少红版的这么尴尬,但也绝不可能像老版那么用心。资本的强势进入,破坏了旧有的生态,主导着影视剧的方向,君不见翻拍的《深夜厨房》获得了史无前例的差评,它的各种穷形尽相,都是被资本奴役的结果,而那些愤怒的一星,未尝不是对这种现象积怨已久。

人心浮乱的时代,指望有人沉下心来,老老实实不计回报地做件事,简直有用心不良之嫌呢?

时代造就人,时代也注定了作品的风格,1987版《红楼梦》成为经典,在一定程度上是因为,那是一个人人都将文学、将艺术作品看得庄重的时代,新《红楼梦》里资本的强势渗入,也是开了时代先声。总之,一切都是风云际会的结果,人力胜天本来就太难,何况当事人也无此宏愿。

高级丧这条路终究是走不通的

一直觉得《围城》里方鸿渐的状态叫作高级丧。

互动百科中这样定义"丧":"丧文化"是指一些 90 后的年轻人,在现实生活中,失去目标和希望,陷入颓废和绝望的泥沼而难以自拔。他们是丧失心智,漫无目的,蹒跚而行,没有情感,没有意识,没有约束,只能麻木生存下去的行尸走肉。

颓废、绝望、漫无目的、蹒跚而行、没有意识和约束等等倒像是在说方鸿渐,但接下来又说,"对于现实再如何努力也难以打破固化的阶级的绝望——发展前景太过迷茫,前进的路太过曲折,让我们洞悉并受困于自身无能。既然如此,就让我们躺一躺,就这样,躺尸到死亡",放到方鸿渐身上并不合适,发展与前进,对于方鸿渐来说,意义都不大,他的丧,并非压迫的结果,而是自我的

选择，这也许是一种高级丧。

家中包办的未婚妻早逝，准老丈人把准备好的嫁妆折算成学费送他出国留学，他来到欧洲，晃晃悠悠，将巴黎、柏林、伦敦一一游历。"随便听几门功课，兴趣颇广，心得全无，生活尤其懒散。"

他对学历无所谓，但是他爹以及花钱送他出国的老丈人都找他要学历："这一张文凭，仿佛有亚当、夏娃下身下面那片树叶的功用，可以遮羞包丑；小小一张纸能把一个人的空疏、寡陋、愚笨都掩藏起来。自己没有文凭，好像精神上赤条条的，没有包裹。"

他从一个骗子那里买了张克莱登大学的博士学历去敷衍他们，打定主意从此后讳莫如深，找工作的时候，也从未跟人提起。

与很多招摇撞骗的家伙不同，方鸿渐买假学历，既是跟要求钱货两清的老丈人开的一个玩笑，也是对这个虚荣喧哗的世界的一个解构。俗世滔滔，他不入眼的东西很多，但也没有兴趣激烈对抗，干脆逆来顺受，顺水推舟，马马虎虎地应付掉，他用开玩笑的态度过日子，颓得太狠，有时会显得放肆。

但中国文化中，有一些人对于这种"自由而无用"的状态是欣赏的，陶渊明笔下的五柳先生就是"好读书，不求甚解"，对于轻盈的方鸿渐来说,那些苦抄敦煌卷子、访《永乐大典》的人,就太笨重了。

方鸿渐看不上各种鸡汤。他奉命相亲,看到相亲对象张小姐的读物《怎样去获得丈夫而且守住他》:"忍不住抽出一翻,只见一节道:'对男人该温柔甜蜜,才能在他心的深处留下好印象。女孩子们,别忘了脸上常带光明的笑容。'"笑容不由自主地浮现在他脸上,并逐渐扩大,正是这不可原谅的笑容,让他无法得到张小姐的芳心,但他丝毫不在乎。

书中爱看鸡汤的还有那位范小姐,她特别喜欢这样的句子:"咱们要勇敢!勇敢!勇敢!""活要活得痛快,死要死得干脆!""黑夜已经这么深了,光明还会遥远吗?"并在旁边打了红铅笔的重杠,"默诵或朗诵着,好像人生之谜有了解答"。

这些人,都是站在方鸿渐对面,并且被他深深鄙视的。

他的这种见识,在当时并不是没有知音,赵辛楣虽然嫌弃他没用,依然和他成了好朋友,连他不喜欢的苏小姐,都对他颇为认同,替他骂那位要他交个文凭出来的岳父:"他们那些俗不可耐的商人,当然只知道付了钱要交货色,不会懂得学问是不靠招牌的。你跟他们计较些什么!"这话,在当时,方鸿渐听来应该是很开心的。

可是等你看完《围城》,只觉得"丧"这条路是走不通的,无论是主动的丧还是被动的丧。

《红楼梦》里,秦钟临死前对宝玉说:"以前你我见识自为高过世人,我今日才知自误了。以后还该立志功名,以荣耀显达为是。"这句话看起来非常怪,书中宝玉多次表现出他对所谓功名显达的厌恶,为什么要跟他一向志同道合的好"基友"秦钟临死前对他说这么两句话呢?把书翻回去看,就很容易明白了。

《红楼梦》一开头,作者就写道:"欲将已往所赖天恩祖德,锦衣纨绔之时,饫甘餍肥之日,背父兄教育之恩,负师友规谈之德,以至今日一技无成,半生潦倒之罪,编述一集,以告天下人:我之罪固不免,然闺阁中本自历历有人……"

说起来是够颓废,但曾几何时,宝玉对忙于读书习武的贾兰,也有类似的不以为然,并且自以为见识不凡,不入国贼禄鬼之流。

然而,方鸿渐忘了,他的逍遥,是建立在他"俗不可耐"的岳父的慷慨上的,一旦这个前提被抽取掉,他就会四处碰壁。就像宝玉的所谓见识,是建立在衣食不愁的基础上的,一旦凛冬到来,他的"无用"就没那么高雅了。

方鸿渐再眼高于顶,仍不免要到俗世里讨生活,他没有像样的学历,又不像李梅亭那样善于讲段子,他四处碰壁,风尘仆仆,狼狈至极。与他成为对照的,是那个积极昂扬的赵辛楣,虽然方鸿渐认为他也"可怜",但赵辛楣的"可怜",如同当下的中年焦虑,具有优越感,方鸿渐的可怜,则是并非比喻的鼻青眼肿。

方鸿渐的失败,是这种"丧"文化的失败。但我们也不能把《围城》就看成鸡汤,事实上,这部小说里,有作者的困惑、质疑、自嘲,以及对失败者的同情。这是一本发乎内出乎外的小说,值得一再品味。

带我们享受贫穷的几本书

我有时候会思考一件事：单单就物质这件事来说，我们跟我们的父辈相比，到底谁更幸运？

表面上看，当然是我们更幸运一点，上一辈人年轻时总处于物质极度匮乏的状态，吃饱穿暖就应对生活怀有感激，我十多岁的时候，还能看到我妈经常为钱发愁，我们虽然谈不上多么富裕，但起码不必为基本生计大伤脑筋了。

但是，我们比父母更焦虑，焦虑这种情绪也许没有愁苦深刻，却更为长久。毕竟，愁苦是由具体问题引发的，问题解决了，满天的云彩也就散开了，焦虑却是"此恨绵绵无绝期"，永无宁日。

我并不觉得这是嫉妒，活在当下，就像是行驶在高速公路上，看到其他车辆嗖嗖地从旁边驶过，就会怀疑自己已经落在后面了。谁都无法定义自己的生活，消费主义一统天下，试图将所有人都纳入整齐划一的价值体系里。

一些鸡汤公众号告诉你，那些比你聪明的比你更努力，你应听从他们的建议，成为更加厉害的人。另一些鸡汤则告诉你，消费是一件高级的事，羊绒要贴身穿，戴森的吸尘器能够打开你被贫困限制的想象力，为什么要买大牌包？大牌包能够整个提升你的生活水准，有了包，就得有个放包的柜子，有个柜子，就得配个放得下柜子的房子……

消费主义把生活变成了一个无底洞，得到的越多，渴望的就越多，你像躲避毒蛇一样躲避匮乏，而别人的"多"，时刻提醒着你已经匮乏或是即将匮乏。

我为什么熟知这一切？因为我也有这样的时刻啊，好在，当我恐慌时，我会飞快地找出几本书，通过它们，我会发现，"匮乏"没有那么可怕，它有时甚至是丰富和有趣的。

第一本是李娟的《冬牧场》。要说可读性，这本书不如《我的阿勒泰》，但是它更加治愈（抱歉我用了这个烂俗的词），这本书里的李娟，活得太"惨"了，这个"惨"，却是她自找的。

我的便携式生活

这年冬天,李娟决定随着转场的牧民去体验一下他们"最悄寂深暗的冬季生活",听上去很浪漫是吧?但是请看看她的"装备":上半身依次是"棉毛衣、薄毛衣、厚毛衣、棉坎肩、羽绒外套、羊皮大衣",下半身则是"棉毛裤、保暖绒裤、驼毛棉裤、夹棉的不透气的棉罩裤、羊毛皮裤"。

对,不是大牌冲锋衣,没有轻盈的羊绒和抓绒,需要层层累加,因此重如铠甲,出发前李娟还觉得脖子扭不动,喘口气都困难,跟着牧民进入荒野后,这些感受都消失了,只剩下一种感觉,叫作冷。

长途迁移,每一样东西都有实打实的作用,每一点感受,都更多地发自肌肤而不是心灵,人与自然的严酷劈面相逢,直接、凌厉,来不得半点无病呻吟。但有得有失,就像几米所言,当你跌入大坑时,抬头却见最美的星斗,寒气能杀人的夜晚,李娟挣扎着走出帐篷去上露天厕所,一抬头,看见了最华丽的银河。

删繁就简,终有所见,并不是说匮乏就是好的,但是在貌似可以得到更多的时代,选择匮乏是可以成为一种调剂,一种将生活变得参差多态的方式。

主动选择匮乏的还有梭罗,他受够了人们对"更多"的渴望,他说:"比起我的邻居们所从事的劳役来,赫拉克勒斯的十二个艰巨任务简直算不了什么;因为那只不过是十二个,是有穷尽的,但是我从来也没有看到过邻居们杀死捕获过什么怪兽,或做完过什么劳役。"

"他们被通常称为需求的一种命运的表象所支配,储存蛾子和锈蚀会使之腐坏,贼人会进入偷窃的财富。如果不是更早,那么在到达生命的尽头时他们也会发现,这是一个傻瓜的生活。"

他不愿再做自己的监工,被欲望驱遣着过沉默绝望的生活,移居瓦尔登湖畔,是他所做的一个实验,他想让自己置身于极度匮乏中,从而判断出,哪些是生活的必需品,哪些是伪装成必需品的奢侈品。

《瓦尔登湖》这本书写得非常有趣,除了那些适合被引用的风景描写和隽语警句之外,我更爱看的,是梭罗列出来的生活清单,盖一间房子需要哪些材料,每种材料花多少钱,在 11 英亩的土地上可以种植什么,扣去支出后还有多少结余。我喜欢作者那种有滋有味又扬扬得意的描述,更喜欢看他近乎八卦地描述他邻人的种种。总之,匮乏不但没有影响梭罗的兴致,反倒为他的生活增光添彩了,看到这些,真为生而为可以超越欲望的人感到骄

我的便携式生活

傲啊。

也许你觉得无论是李娟,还是梭罗,活得都有点不现实,像在做实验,舒国治的《理想的下午》更有参考性。舒国治不去偏远之地,但同样试图将所需压缩到最低。他成天在城市里晃晃悠悠,发掘各样乐趣,把家当成一个睡觉的宿舍,东西越少越好。为了维持生计,他偶尔挣点稿费,但不会计算自己的存款,即使手里只有两千块也不会觉得很穷。

当然,上面说的这所有人,都是以单身汉的形式存在着,但是,即使家有儿女,也不该成为我们放纵自己去焦虑和慌张的理由,我们是否放大了自己的所需,是否太渴望将生活的角角落落都控制在自己手中?这种太强的控制欲,也囚禁了自我,眼前,只有固定的一小片天地,因此感到无处奔袭。

其实匮乏没有那么可怕,失控也没有那么可怕,自我囚禁、惶惶然不得终日才是最消耗人的。强有力的人,能够在任何困境中保持平静。这里再推荐我夏天看的一个小说《斯通纳》,主人公就叫斯通纳,是个倒霉的美国教授,他遭遇了神经质的妻子,女儿被妻子控制近乎毁灭,他的上司处处跟他作对,他遇到心神相通的女人,却不得不互相割舍……现代人所恐惧的一切他几乎都遇到了,却从来没有学会躲避,他用血肉之躯硬扛着,对于人生没有预设。

直到最后,他也没有苦尽甘来,在世人眼里,他是那样一个落魄狼狈不得志的老男人,但是我依然羡慕他内心如石头般的宁静。他偶尔震惊,但从不真正恐慌,更不会崩溃。有时候我想,当我害怕匮乏时我在害怕什么?我是害怕自己扛不住会崩溃,但这本书说,即使山穷水尽,也是可以不崩溃的,老老实实地活着,遇到什么就去应对什么,其实也是可以的。

第四辑 我的便携式避难所

我的便携式生活

读书要趁早，因为你不知道风险什么时候来到

无论你是小人物还是人生赢家，读书都可以成为救命稻草

有种说法叫读书改变命运，这句话很容易被理解成"书中自有颜如玉，书中自有黄金屋"，好像只要会读书、愿意读书就能够飞黄腾达，逆袭高富帅迎娶白富美。这种理解过于功利不说，还很容易落空，读书无用论因此产生，但是这个说法真的是错误的吗？

我觉得首先要解决一个问题：什么是命运？除了占有功名利禄的多寡之外，乏味地活着还是有滋有味地活着，是否也是一种命运？我想以我舅姥爷的人生，作为这种说法的注脚。

我舅姥爷早年"成分高"，没有娶妻生子，成了一个老单身

汉。像他这种情况,在他那个村里并非孤例,但即使在那一堆孤老头儿里,他都处于鄙视链末端,因为他手脚既不灵活,头脑也不聪明,他木讷、笨拙、慌张,同样一件事,总是他无法做得囫囵,成为他人的笑料,连他的哥哥我的大舅姥爷都认为,他这辈子白活了。

但我始终无法同意这个看法,我童年时寒暑假喜欢去乡下,总见这个小舅姥爷手不释卷,当时乡下还没有通电,夜晚,一盏煤油灯在木箱盖子上放出颤巍巍的光,小舅姥爷就在那灯光下阅读到忘我。我有一次凑过去,只见那本书的封面用旧报纸整整齐齐地包了,上面有四个毛笔字:封神演义。

那个暑假,我掉进了各种演义的世界,小舅姥爷有整整一箱子演义,《三侠五义》《岳飞传》《水浒传》等等,每一本都包了书皮,毫无破损,只是被摩挲出了一种包浆般的油润感。我和小舅姥爷聊起书中人,在饭桌上,或是在他铡猪草时,我看见他的眼睛不由得发亮,话也稠了起来。

王侯将相、三教九流,仿佛都住在他家隔壁,他更熟谙那些刀枪剑戟,知道有神通广大的人如疾火流星,与各自的命运狭路相逢……两者对照,很难说,他对哪个世界更投入一点。我猜,就是这种投入,让他不为现实中的不如意所伤。

我的便携式生活

许多年过去了，我的小舅姥爷仍然是那样一个平庸的、被现实碾压的小老头儿，随着他的衰老，他显得越发无能为力。但是，我仍然认为，阅读改变了他的命运。贫困固然是一种不幸，乏味也是，毛姆说，阅读是一座随身携带的小型避难所，这是个好比喻。阅读如同一束光，能够瞬间化平庸为神奇，像一根救命稻草，将你从各种不幸的泥潭里打捞出来，它还可以是一种外援，让你在风暴中站稳脚跟，安妥好现在与未来。

看我小舅姥爷的一生，阅读像一颗缓释胶囊，缓慢地释放着它的功效，而在人生的一些关键时刻，阅读还能成为一颗速效救心丸，能救命，能让你坚强地撑下去。

2011年，媒体曝光高晓松醉驾案，舆论一时哗然。对于名人而言，这种丑闻简直是致命的，有些明星就因为类似事件，到现在还不得翻身，有的即使成功翻盘，仍然需要背负"人生污点"。只有高晓松，经过这个事件之后，他的人气不降反升，原因何在？在于他一直坚持阅读。

在法庭一审宣布以"危险驾驶罪"判处他半年拘役之时，高晓松显示出异乎寻常的平静，他表示不上诉，并称酒令智昏以我为戒。他能如此平静，是因为他心中自有打算，住在那些卖发票的、偷摩托车的、行贿的、受贿的各色狱友之间，他读《大英百科全书》，还翻译了一本书。

如果只是孤立地看这样一个消息，我们也许很容易觉得他是在作秀，但是高晓松出狱之后，却是以《晓说》等脱口秀节目，证明他的确有着很好的阅读习惯。在监狱里读书，对于他来说，是一件特别自然，而且容易办到的事，应该说，是长期以来的阅读习惯救了他。

有个词叫"狡兔三窟"，热爱阅读的人，则是在现实世界之外，另外建一座自己的城池，当现实世界变得不安全、不舒服的时候，一个热爱阅读的人，随时可以进入他自己建立的那座城池里。热爱阅读的人，抗风险能力总是更强一点。

阅读能够救治日常的焦虑

活在现实社会里，我们可能不会遭遇我小舅姥爷那样漫长的苦难，也会很小心地让自己不进入高晓松那样的处境，但是，风险依旧随时存在。我不知道词典里怎样定义"风险"这个词，对于我而言，焦虑、惶恐、无法自洽就是风险，而这种状态，似乎是眼下许多人的常态。

我的便携式生活

活在当下，似乎每个成年人都很焦虑，大学生为找工作而焦虑，找到工作的人又为薪水太低而焦虑，没买房的人为房价焦虑，买过房的人又为想换个改善房而焦虑。有一次，有个读者告诉我，他四十岁，有房有车，收入尚可，但看到别人通过拆迁、创业以及结婚发了大财时，他就觉得很焦虑。

我其实挺能理解他的焦虑的，但是，焦虑有用吗？你焦虑着焦虑着就能像人家拆迁、创业或是娶个有钱老婆嫁个有钱老公那样阔起来吗？不可能。如果自己完全没有任何能力改变，这种焦虑其实就是卑微的，像一个乞丐，跪在命运面前，乞求上天能从手指头缝里漏一点给自己。

当然，你也可以像鸡汤号提倡的那样疯狂地努力，我祝你好运。可是，成熟一点的人知道，努力能够让我们获得一定程度的提升，但未必能让我们阔起来。如果这一点让你感到绝望，那么还有一条路，就是阅读。

如今有个说法，叫作"包"治百病，这个"包"，指的是大牌包包。可是，物质真的能够安慰我们？李嘉欣说，再贵的东西，也只能让她高兴五分钟，更何况，物质的世界是个无底洞，当你拥有的更多，你想拥有的就更多。真正能治百病的，是阅读。

每次当我感到自己正在失衡，不管令我失衡的是轻度的沮丧还是重度的痛苦，我都会对自己说，阅读吧，不要继续和现实胶着了，这不是逃避，与现实稍稍拉开一点距离，有利于我们看清自己的处境，看清楚了，也就觉得没有什么大不了的了。

阅读，能让我们步履轻盈，手掌温暖，自由穿梭，不知老之将至。

阅读这么好的事，并不像你想象的那么容易

但是，我也得说，读书，并不是一个心中一动，就能够立地成佛的事。很多人说，我想读书，但是读不进去。没错，高晓松为什么能在监狱里读《大英百科全书》，难得的不是他有那份心，而是有那个习惯。

《红楼梦》里，贾政游大观园，看到前面一带粉垣，数楹修舍，千百竿翠竹遮映，感慨道："若能月夜至此窗下读书，也不枉虚生一世。"这种感慨，可能很多人都有过，将读书当成一件具有仪式感的事，需要指定时间指定地点，最好有清风明月，恨不得沐浴焚香。如果你把读书看得这么雅，那我得说，你一定没法成为一个读书人。

我的便携式生活

这种需要很多附加条件的阅读,能够锦上添花,却无法雪中送炭。你最需要阅读来救援的时刻,也许正是不具备任何条件的时刻,就像站在高速公路的应急道上,你需要的救援是招之即来的。所以,只有随时随地迅速进入阅读,甚至进入对曾经的阅读的暗自温习,才能在关键时刻救我们的命。

有一次活动上,我碰到作家阿乙,他随时随地手不释卷,尤其令我佩服的是,在飞机落地之后,舱门打开之前,众人都一脸麻木地等待命运决定无聊时刻的长短时,只有他,仍然捧着一本书,读得入迷。他起码改变了那个短暂时间段里的命运,那时间虽短,却是活的,其他人的时间是半死不活的。而我们这一生,其实正是由无数个短暂的时间组成的啊。

他是我非常羡慕的人,虽然我算得上半个读书人,但进入阅读,还是需要一个过程,需要取出书本或是 Kindle,做一点小小的心理建设。这意味着,我从现实抵达我的城池,还是需要一个过程的,不像这位作家,能够无缝对接,也因此免于许多不必要的琐屑折磨。

他为什么能做到呢?原因我也知道,就是长期阅读。某些时候,习惯比信念更重要。就像刷牙,刷牙时你不会觉得自己多优雅多爱清洁,不会想展示给别人看,但不这么做,你就会觉得坐立不安,即使外面有个心上人等着,你也会先刷了牙再去跟他见面。

阅读总能帮到我们,但是,只有阅读成为像刷牙,像穿衣吃饭这个级别的习惯,它才能随时随地给我们援助。建立习惯,并不是一蹴而就的事,几年前,我是千叮咛万嘱咐恩威并施才让我儿子养成刷牙的习惯的。而读书比刷牙更加缺乏监督,养成更加不易,需要极大的意志力,是一个需要远远超过二十一天才能建立起的习惯。

不过,我也许还是可以小声地提一点建议。我觉得就治愈而言,阅读本身,比读什么书更重要,如果你看不进去《大英百科全书》,看金庸小说也可以,如果你嫌《悲惨世界》原著太长,读缩写本也没问题。成年人读书,应该像谈恋爱,是为了让自己高兴才这么干,而不是为了成为什么得到什么才这么干。

假如即便如此你还是读不进去,那么就不能对自己太客气了,像对一个任性的小孩那样,既要苦口婆心,也不能假以辞色。前面说了,建立习惯不是请客吃饭,不可能那么轻松容易。

总之,阅读这么好的事,并不像你想象的那么容易,可是能救命的东西,当然不会那么轻易得来,我们有必要,为它做出更多的取舍和努力。

陕北民歌：爱到深处，就觉得徒劳

那天看见孟静写文章提到日本电视剧《四重奏》，截图了剧中人的一段表白："爱到深处，就觉得徒劳，即使交谈，或是触摸。所及之处都空无一物，那我究竟要从什么手里抢走你才好呢？"

原来爱情不只是产生温柔甜蜜等等，还有这样伟大的空虚和无能为力，难怪人们要说"爱到深处人孤独"，你就在我身边，你的手就在我手中，为什么，我还是觉得不能像我所希望的那样完全拥有你？

民歌里也有类似的表达："面对面睡着还想你"，这都面对面睡着了，为什么还想你？也许相爱就是想拥有更多，之前还有个奔头，到面对面睡着了，距离已经穷尽，可是心里明明觉得没有穷尽，又不知道如何才能穷尽，遂成为最虚空的时刻。

在我的理解里，顾城那首《远和近》，表达的也是这种"忧来无方人莫知之"的空虚感："你一会看我一会看云我觉得你看我时很远你看云时很近"，当你看云时，我们心意相通，相去不远。当你回过头来，四目相对，爱意盈动，我想无限接近你，却又从那眼神里看到太多不可知，不得其路，无法抵达。爱情的无可奈何之处也许就在于，相爱的人不能忍受一点点间隔，并因为这不能忍，越发觉得咫尺天涯。

"面对面睡着还想你"是歌词的下一句，我以前看的上句是"墙头上跑马还嫌低"，每次看到心里的 OS（独白）都是：墙头上跑马还嫌低，你还想上天啊？但爱里就是不但有痴心，还有妄想。

前两天脑子一时短路，只想起下句，忘了上句，随手一搜，这上句原来也有若干个版本，比如有一个叫作"高山上盖庙还嫌低，面对面睡着还想你"。这句比"墙头上跑马"还要好，到高山上盖庙，是想无限地接近神，盖到天宇之下，还是觉得不够高，可是还能怎么办呢？终究无法无限地接近神，就像无法无限地接近你。

不免遥想创作这首歌的人，也许都不识字，更没受过写作训练，在毫无预兆的某一刻，他的伟大时刻忽然闪烁，上帝借他之口，吐出这字句。民歌，比那些诗歌与对白更加原生态，也来得更

为自然。

喜欢陕北民歌许多年,二十世纪八十年代的春晚,总会在联唱节目里,来那么一两首陕北民歌。第一次听到《想亲亲》,就是在春晚上,看那个缠着"白羊肚毛巾"的后生唱:

"想亲亲想得我手腕腕软,拿起个筷子我端不起个碗。想亲亲想得我心花花花乱,煮饺子下了一锅山药蛋。"他实实在在的面孔上,是又温柔又笨拙的委屈,那你咋不去看看妹子呢?他也说了,"头一回瞄妹妹你呀你不在,你妈妈劈头打我两锅盖"。

挨打不要紧,只要爱得真,所以他还要再次确定:"茴子白卷心心十八层,妹子你爱不爱受苦的那个人。"

陕北和晋北都称劳动人民为"受苦人",但我当年以为这是歌者特指他自己,在我那时想来,这个"受苦"包含两层意思,一是为爱情吃了不少苦,比如前面所言的吃不好睡不着的——我们常常是通过一个人的痛苦程度来确认那感情的深度,好端端一个人,突然变成了"受苦人",怎能让人不动容?

另一层就是原意,他不是被命运眷顾的人,不是高富帅,甚至不是地主家的傻儿子,他没法对心爱的姑娘唱:"给你买最大的房子最酷的汽车,带你走遍世界每个角落",他唯一拥有的,就是他的苦难了,所以他问,妹妹你爱不爱受苦的那个人。

这问题放当下,怕是要引人耻笑,但在当初,我觉得它多有诚意多感人啊,就像听崔健的那首《一无所有》。

妹子显然 get 到了,回应亦是斩钉截铁:烟锅锅点灯半炕炕明,烧酒盅盅挖米不嫌哥哥你穷。茅庵庵房房土的炕炕,烂大了个皮袄伙呀么伙盖上。

当年觉得这姑娘足够痴情,到如今则要敬她是条汉子了,当下那么多中产被假想的所谓贫穷吓得瑟瑟发抖,她却把衣食住行都按最低标准想了一遍,发现什么也吓不到自己。

有些歌,有时被标注为陕北民歌,有时又被标注为内蒙古的,还有的被标注为山西民歌,估计是在三地交汇处流传的,比如那首《五哥放羊》:

> 正月格里正月正
> 正月那个十五挂上红灯
> 红灯那个挂在哎大来门外
> 单那个等我五那个哥他上工来

我的便携式生活

> 哎哟 哎哎哎哟 哎哎哎哎咳哟
>
> 单那个等我五那个哥他上工来
>
> 六月格里二十三
>
> 五哥那个放羊在草滩
>
> 头戴那个草帽那个身披蓑衣
>
> 怀来中又抱着那个放羊的铲

曲风非常之欢快,是个没心没肺的小丫头,也许家境还不错,可能就是五哥扛长工那户人家的女儿,不然为什么说"单等我的五哥他上工来"?或者她住在五哥上工必经的路上?无论如何,她那点明艳艳的欢喜是动人的,她尚不知人间悲苦。这点暖明,能否照亮五哥的艰难人生——在那河滩上放羊的他,戴着草帽又披着蓑衣,是随时接受烈日与风雨转换的装备啊。

少年时,千方百计地寻找陕北民歌的磁带,有次居然在某个角落里找到了,心里欢喜不胜,傍晚坐在房间里听,周遭是悠远的寂静,那时候就对自己说,将来,我会怀念这一刻的。

还曾想着要是能够找个搜集民歌的工作就好了,或者支教也可以,但那时连这样的机会也没有。后来渐渐有了辗转腾挪的余地,但渐渐变成一个因为失去想象而十分笨重的人。

前两天有朋友说准备去张掖买房,看好那里的前景,我立即问多少钱一平方米。这么问着,忽然想起,当年对这地方感兴趣,是因了陶渊明的一句诗,"少时壮且厉,抚剑独行游。谁言行游近?张掖至幽州",激发我无限的神往。到如今,买房却成了和这世界主要的关联方式,简直可以发潘晓之问了:人生的路,为何越走越窄?

《芳华》与《耗子》：后一种摧毁更加残酷

冯小刚的电影《芳华》，被加入了很多元素，比如青春怀旧、阶层差异等等，但归根结底，它还是借用了灰姑娘原型。

女主角何小萍，四岁时亲生父亲被送去改造，她作为拖油瓶来到继父家中。母亲变得陌生，只搂着她睡过一次觉，还是在她发烧的时候。

因为澡票要一毛五，母亲轻易不许她洗澡，导致她身上总是有一股汗水味道。到了部队，她终于可以洗澡了，但战友们还是嫌她味道大，她太爱出汗了，不管是女兵男兵，一概对她各种嫌弃，电影里暗示观众，这是何小萍比别人更勤于练功的缘故。

她一再被命运不公正地对待，被发配于肮脏的角落，但她本人如此无辜,即便偷了林丁丁的军装去照相,最多就是一点无伤大雅的虚荣。更何况,她是要把其中一张寄给羁押中的父亲,说是孝心也可,这种做法,的确安慰了那个历经苦难也未能见天日的男人。

何小萍终究获得了她的南瓜马车和水晶鞋,倒不是嫁给了王子,只是和她所爱的在一起了。虽然刘峰失去了一只手臂,何小萍容颜苍老,但"每次战友聚会,别人都是一脸沧桑抱怨着生活,而刘峰和何小萍,却显得平静温和,他们彼此相偎一生……"这种难得的自洽,难道不是命运对他们的奖赏?

何小萍也罢,刘峰也好,始终都能保持一种有尊严的平静,并没有被真正摧毁。可是当何小萍还叫黄小玫的时候,其实是被彻底摧毁了的,她永远不可能得到南瓜马车和水晶鞋。

严歌苓还有一篇小说,名叫《耗子》,说文工团里来了个名叫黄小玫的女孩,看上去总是脏兮兮的,低智又迷乱,不懂得分寸,行为猥琐,无论是女兵还是男兵,都合起伙来欺负她。

后来这个黄小玫上了战场,很意外地成了英雄,终于不再被欺负,她的生父获得平反,和她的母亲一道坐着小车来看她,她当年暗恋的"男神"都主动向她表白,黄小玫却疯了。

203

我的便携式生活

我自己打小老被人欺负,算得上资深黄小玫一个,所以印象特别深刻。多年之后,只是看了点《芳华》剧透,我马上识别出,这个何小萍脱胎于黄小玫,我先是看了电影,又去找来那篇《耗子》,发现两者可以说极其相似,但又极其不同。

黄小玫的亲生父亲也被打成了右派,母亲也改嫁了,在继父家中,她也受了很多委屈,所不同者,同样的苦难,在何小萍身上,只是一种物理性的重压,到了黄小玫身上,却起了化学反应。

她懂得识别母亲在继父面前那种"有点贱的神色",接受母亲鬼祟的给予,她变得肮脏而且失调,身上的气味,不只是沉迷练功无法自拔使然,"她把食堂打来的糖醋蒜头藏在抽屉里当点心吃,被查内务的分队长搜了出来"。

黄小玫被人嫌弃的地方还有,她将不堪入目的食物残渣藏在抽屉里,"干巴巴的油条,啃得缺牙豁齿的馒头,星期天早餐的炸花生米,星期四午餐的卤豆腐干",她像个老鼠一样,于黑暗中消耗这一切。如果说这些都还是生活小节,在"胸罩事件"中,她的表现堪称猥琐。

并不是指在胸罩里面缝搓澡海绵的行为,这个在电影里为女兵们所不齿的行为,谈不上猥琐,只能显示出这些女兵的虚伪霸道。在小说里,黄小玫扮演的角色,不是被侮辱与损害的何小萍,而是那个无聊地守在阳台上,试图"人赃俱获"的"小芭蕾"。

在《耗子》里,其他女兵对于晾衣绳上那个"垫了海绵的乳罩"只是看看就走开了,只有黄小玫在阳台上,佯装压腿,实则带着一种狩猎般的激情,等待着那胸罩的主人出现。

"熄灯后乳罩的主人一定会出现,黄小玫对此很有把握。她想邀请穗子她们和她一块儿看好戏,让她多两个眼证。夜晚冰冷黏湿,典型的成都冬夜。黄小玫原本就过分丰厚的头发在湿气里彻底伸展开来。此时谁若看见她,真会给她蓬起的头发吓一跳。"

黄小玫向来有着窥私的兴致,"每年例行的身体检查,她就是凭着耐心等到最后,然后混进妇科档案室,和某个护士搭上讪,偷看其他女兵的检查记录。并不是每个人的检查结果都值得看,看的是那些平时最得势,最作践她的女兵。她得看她们那个关键栏目里,是否也填写着和她的一样的'未婚形外阴'"。

这才是真正的摧毁,恶意已注入她的心中,并没有美好的东西,被封存于肮脏的外表之下。她永远不可能平静温和了,永远不可能和谁相偎一生了,永远无法获得她的水晶鞋。

更要命的是,在《耗子》这部小说里,并没有像郝淑雯这样的霸道女生,这个黄小玫,表现真的是太糟糕了,人们对她的恶意那么自然,那么容易被理解。连我看小说时,都有一种悚然,想,若我在当时,会不会也讨厌她?

黄小玫的不幸比何小萍更难识别,因为她看上去"罪有应得"。欺负何小萍,多少会有点心理负担,欺负黄小玫,相对更加理直气壮。

当何小萍被郝淑雯她们堵在阳台上,追问那个"可耻"的胸罩是不是她的时,作为观众,我们对郝淑雯也会有一腔正义的愤懑,萧穗子就毫不客气地批评了她;可是当萧穗子知道黄小玫曾经站在阳台上,试图抓住那个胸罩的主人时,"穗子会心里发寒,半晌无语……没想到她会如此阴暗",一直要到很多年后,才能明白黄小玫不得不这样,她的"狩猎"和"窥私"都是一种自卫,她要随时抵御外来的凌辱。

相对于《芳华》的不失温情,《耗子》呈现了真正的残酷。《芳华》中的刘峰和何小萍尚能求仁得仁,这是命运留给他们的出口,《耗子》里的黄小玫是没有出口的,她在寒冬里,像她的手指那样"红肿,皮下渐渐灌浆,饱满",最后必然溃烂,你要她以什么样的面目,迎接这突然到来的春天?失调已久的她,只能一劳永逸地疯了。

《耗子》也许更接近生活的真相,在无尽伤害里,有多少人能够成为何小萍那种受辱的圣女?更有可能的,是变作黄小玫这样,假装成正常人的疯子。以她不动声色的疯狂,抵御外界的凌厉,一旦外界温暖如春,她就会露出本相。

当然,这个真相太可怕了,拍出来也不会讨好,就像张爱玲的《花凋》里写的:只要是戏剧化的,虚假的悲哀,他们都能接受。可是真遇着了一身病痛的人,他们只睁大了眼睛说:"这女人瘦唻!怕唻!"

我们更愿意看灰姑娘苦尽甜来,不能忍耐一个被侮辱者化作怨鬼。我们会觉得尴尬,不知道持什么样的态度,我们心中分明有厌憎,表面上却要佯作悲悯,好在,善解人意的冯小刚并不打算难为大家,于是,我们得以在电影院里,为美丽、善良、无辜的何小萍的一生,百感交集,热泪盈眶。

李白为什么不回应杜甫的热情

都知道杜甫是李白的资深迷弟,据说他写给李白的诗有十五首之多,李白那方面回应寥寥,于是有人发问,"很重视对方但对方不怎么重视自己是什么感受"?

这个问题起码在杜甫这里是不存在的,看他那些诗你就知道,他并不需要回应,那是一些写给自己的诗。

没错,杜甫笔下有"白也诗无敌,飘然思不群。清新庾开府,俊逸鲍参军"这种句子,表达他对李白的赞美与思念。但有些诗,你真的会吓一跳,通篇的负能量,还时不时指手画脚,这符合一个迷弟的自我修养吗?

比如"不见李生久,佯狂真可哀。世人皆欲杀,吾意独怜才。

敏捷诗千首,飘零酒一杯。匡山读书处,头白好归来"。

我当然知道他的意思是说李白够牛×,才华横溢又桀骜不驯,不能容于俗世,只有他是知音。但是,用得着说得这么狠吗?粉丝在偶像面前不是应该小心翼翼的吗?"匡山读书处,白头好归来",貌似向李白提出合理化建议,但是,偶像的人生,用得着你来帮他规划吗?

这种不客气,还真不是熟悉之后的不见外,在他刚认识李白不久,就写了这么一首不怕得罪人的诗:"秋来相顾尚飘蓬,未就丹砂愧葛洪。痛饮狂歌空度日,飞扬跋扈为谁雄。"

前两句是对李白状态的描述,李白迷恋丹砂,热衷于寻仙访道,转眼却又被俗世诱惑。杜甫用一个"愧"来形容他,倒是准确。但是,被人这样形容,李白会很愉快吗?杜甫犹嫌不够似的,继续补刀:"痛饮狂歌空度日,飞扬跋扈为谁雄。"

你痛饮了,你狂歌了,看上去慷慨激昂、快意人生,到最后不还是空度日?你飞扬跋扈,威武雄壮,到末了,不过是一场独角戏,你能"为谁雄"?终究是佯狂。

写得真好啊,但是也很扫兴不是。人家已经装作潇洒快活

了,哪用你跑来把真相说破?这首诗不像是对李白表情达意,倒像是跟第三者介绍李白其人。

更恶劣的是,李白被放逐夜郎之后,杜甫很久没有听到他的消息,就怀疑他死了。在《梦李白》一诗里,写下这样的句子:

故人入我梦,明我长相忆。恐非平生魂,路远不可测。
魂来枫叶青,魂返关塞黑。君今在罗网,何以有羽翼。

他梦见李白对他诉说思念,这是他自己的事儿,他却怀疑是李白已经死了——如果活着的话,灵魂怎么能跑得这么远?

这话已经很不合逻辑,他却继续进行非常自说自话非常不科学的推论,"魂来枫叶青,魂返关塞黑。君今在罗网,何以有羽翼",好像不得出李白必死无疑的结论他就不甘心似的,就算是睡得糊里糊涂的时候这么想过,但写诗的时候总是清醒的吧。

还别说唐朝人就这么给朋友写诗的,请看李白送给孟浩然的诗长啥样:

吾爱孟夫子,风流天下闻。
红颜弃轩冕,白首卧松云。

再看高适的《别董大》:莫愁前路无知己,天下谁人不识君。

还有王维的《送元二使安西》:劝君更尽一杯酒,西出阳关无故人。

有多少人像杜甫这样,一会儿分析人家性格,一会儿给人家提意见建议,一会儿又红口白牙地猜人家已经死了。我难免要怀疑杜甫对李白的感情,他到底把李白看成一个朋友,还是当成了一个观察对象,一个被写体,一个可以将自己的想象附着其上的人偶?他琢磨他、惦记他,也斧凿他,李白于他,也许是一种心向往之终不能至的境界。

所以,在《寄李十二白二十韵》里,他详细而激情地讲述了李白生平,不知道李白看到这首诗作何感想,内心的OS会不会是:我这辈子怎么过的,还要你告诉我?

那首《冬日怀李白》也很可疑:"寂寞书斋里,终朝独尔思。"如果不是恋爱中的男女,这一惦记就是一天,李白看了,会不会觉得后脊梁冒出凉意?但如果我们把这个"思"理解为"寻思、思考",就没有那么瘆人了。杜甫也许就没把李白当成人,而是当成一种现象去琢磨的。

从杜甫写诗每有险句不怕横冲直撞可以看出,他的内心亦是飞扬跋扈,极度激越的。《新唐书·杜甫传》里也记载,杜甫有个老朋友叫严挺之,严挺之有个儿子叫严武,对杜甫多有照应,然而杜甫"性褊躁傲诞,尝醉登武床,瞪视曰:'严挺之乃有此儿!'"他并不是一个瞻前顾后的人。

但也许是性格使然,也许是时运不济,杜甫混得没有李白那么顺,难免"朝扣富儿门暮随肥马尘",心中的那个自我,完全地投射到李白身上,他闲来没事就琢磨李白的生与死,想象他的狂傲和背后的空虚,我的感觉是,在杜甫之外,他又多活了一次李白,他的各种描述或抒情,讲的都是自己。李白对这点大概也是明白的,回应也就淡淡的。

非但李白,杜甫对这一类人都没有抵抗力。《饮中八仙歌》里,他刻画了一幅群像:

> 知章骑马似乘船,眼花落井水底眠。汝阳三斗始朝天,道逢麹车口流涎,恨不移封向酒泉。左相日兴费万钱,饮如长鲸吸百川,衔杯乐圣称世贤。宗之潇洒美少年,举觞白眼望青天,皎如玉树临风前。苏晋长斋绣佛前,醉中往往爱逃禅。李白一斗诗百篇,长安市上酒家眠。天子呼来不上船,

自称臣是酒中仙。张旭三杯草圣传,脱帽露顶王公前,挥毫落纸如云烟。焦遂五斗方卓然,高谈雄辩惊四筵。

这里面有李白,有贺知章、张旭、崔宗之等等,这些酒鬼,喝多之后各有各的德行,但都无一例外地变得挥洒自如神采飞扬,从必然王国进入了自由王国。

那么杜甫在做什么呢?他也许已经化身为他们中的每一个。有个说法是,作家(或诗人)所有的文字,都是他们的自传,从杜甫兴致勃勃的描述里,我们对其人的内心也就大抵可知了。

张爱玲的衣裳

一

怎样快速了解一个女人的实质,从她的穿衣打扮入手也许是条捷径。

张爱玲那篇《我看苏青》,写苏青的着装风格:"对于她,一件考究衣服就是一件考究衣服;于她自己,是得用;于众人,是表示她的身份地位;对于她立意要吸引的人,是吸引。苏青的作风里极少'玩味人间'的成分。"

这其实也是苏青做人的风格,无论穿衣还是做人,在苏青身上,都具有公共性,她并不是没有主意的人,却首先会考虑公众的意见。

所以她会按部就班地结婚,如果不是运气太坏,一定是万千幸福的少奶奶中的一个,离婚后她有心仪的对象,但考虑到孩子终究放弃。即便她和胡兰成那样一场欢会,都不是两个人的事,他们的对话,其实是社会中两种意识的碰撞,她生活的每时每刻,都预设旁观者。

穿衣,她也看别人脸色,有次张爱玲和炎樱陪她去做大衣,"炎樱说:'线条简单的于她最相宜。'把大衣上的翻领首先去掉,装饰性的褶裥也去掉,方形的大口袋也去掉,肩头过度的垫高也减掉。最后,前面的一排大纽扣也要去掉,改装暗纽。苏青渐渐不以为然了,用商量的口吻,说道:'我想……纽扣总要的吧?人家都有的!没有,好像有点滑稽。'"

你看,对于苏青来说,"人家都有的",比"相宜"更重要,难怪张爱玲曾对苏青的穿衣有过很多意见,后来"能够懂得她的观点了",但也不意味着认同,张爱玲特地写出这个细节,也许正是因为,她自己,最不在乎人家有没有。

不能说谁好或谁不好,只能说,张爱玲与苏青,到底是不同的,对于张爱玲,是自我优先。

二

自我是因为够自信，自信源于不匮乏，倒不是物质上足够丰盈，而是张爱玲童年时就已经经多见广。

都知道她母亲最爱做衣服，她最初的回忆之一是看母亲立在镜子跟前，在绿短袄上别上翡翠胸针，她父亲则在一边嘀咕，一个人又不是衣服架子。但她母亲照样我行我素，穿衣比天大，这或者是母亲对张爱玲的最重要影响之一。

后来母亲出国留学，父亲的姨太太给张爱玲做了一套雪青丝绒的短袄和长裙，问张爱玲："你喜欢我还是喜欢你母亲？"张爱玲说："喜欢你。"因为是实话，后来她一直耿耿于怀。

她和继母结怨，也是由继母老让她穿自己的旧衣服而起。看来一个"衣服控"的爱恨情仇，总与对华服的追求有关。所谓自由，首先得是穿衣自由。

这样成长起来的张爱玲，积攒下太多对穿衣的意见，自然不会像苏青那样缩手缩脚。所以她一向以着装的大胆出位而著称，以至于她去印刷厂看书样时，竟然引得工人们停工来看她。

但是，似这般不怕奇装异服加身，只是张爱玲穿衣的一个阶段，事实上，她的着装风格，也在不断地进化中。

第一阶段，即如前所言，她要鲜明刺激，"最刺目的玫瑰红上印着粉红花朵，同色花样印在深紫或碧绿底上。乡下也只有婴儿穿得。我带回上海做衣服，自以为保存劫后的民间艺术，仿佛穿着博物院的名画到处走，遍体森森然飘飘欲仙，完全不管别人的观感"。

还有潘柳黛写她有次去见张爱玲，见她"穿着一件柠檬黄袒胸露臂的晚礼服，浑身香气袭人，手镯项链，满头珠翠，使人一望而知她是在盛装打扮中"。只是见相熟的女友，她也有这种戏剧化的郑重。

难怪胡兰成不约而至会吃个闭门羹，我总怀疑是她当时没有打扮齐整，隔了一天，她倒主动给胡兰成打去电话，也许是她终于想好穿什么了。

胡兰成也写过她的穿着："穿着橙黄色绸底上套，像《传奇》封面那样蓝颜色的裙子，头发在鬓上卷了一圈，其他便长长地披下来，戴着淡黄色玳瑁边的眼镜，搽着口红，风度是沉静而庄重。"

我的便携式生活

橙黄色上衣，蓝裙子，黄色玳瑁边眼镜，要说鲜明刺激是足够了，但是，是不是显得有点堆砌呢？要是放在现在，没准会成为黎贝卡笔下的反例呢。

似这样的例子还有，她穿了清样式的绣花袄裤去参加婚宴，"粉红底子的洋纱袄裤上飞着蓝蝴蝶"，成功地抢了新娘的风头；与女作家们聚谈，则是"桃红色的软缎旗袍，外罩古青铜背心，缎子绣花鞋"……皆有用力过猛之嫌。

所以潘柳黛说她的那段话，未必就是反目后的报复："张爱玲她着西装，会把自己打扮成一个十八世纪少妇，她穿旗袍，会把自己打扮得像我们的祖母或太祖母，脸是年轻人的脸，服装是老古董的服装。"

但那又怎样？张爱玲自得其乐就好。她的这些衣服看似五花八门，但都有两个特点，一是将古董穿出后现代风来，她要的就是那种反差感，她是把穿衣视为和写作同样展示自我的渠道；二是，她的这些衣服，多以丝绸为主，柔滑、轻盈，与她敏感的天性正相宜，她看似恣肆的外表下，住着一个不肯委屈自己一丁点的豌豆公主。

三

绚烂至极，归于平淡，似乎是个谁也逃不出的规律。从和胡兰成那一段惊心动魄也失魂落魄的恋情里走出，张爱玲进入了和赖雅的岁月静好，尽管因为赖雅的经济和健康问题，两人活得非常艰辛。但是，只要有那么一点空隙，他们就是快乐的。

张爱玲在给水晶的信里写，她和赖雅之间，不用说得太明白，彼此就能够心领神会。司马新的《张爱玲在美国》里也写到，有一年张爱玲生日，早晨就开始下雨，然后又来了两拨要债的，好容易把这些人打发走，天空居然放晴了，两人一道出去吃了饭，看了电影，张爱玲说，这是她过的最快乐的生日。

能够在如此窘境中感受快乐，凭的就是真爱了。虽然这段感情照样不被世人看好，但张爱玲能从中感受到不一样的滋味。

这个时期，张爱玲的着装风格也有了很大的改变，从一心要引人注目的飞扬跋扈，变得朴素内敛。

二十世纪五十年代，她的照片都以旗袍居多。一九五六年，她给邝文美写信，让她帮自己买一件"白地黑花缎子袄料，绲三道

黑白边,盘黑白大花纽",如果说这个描述还看不出什么,接下来这句,更能感受这件衣服的风格:"如果没有你那件那么好的,就买淡灰本色花边的,或灰白色的,同色绳花边纽,黑软缎里子……"

看邝文美的照片,是最典型的优雅沉静范儿,以她的衣服为模板,必然不会太出位。张爱玲还请邝文美帮自己找裁缝做黑旗袍,"绳周身一道湖色窄边",都是比较稳妥的范式。

她仍然偏爱古着风,却是一种美式的简单,"此地有一种rummage(义卖),据说Newhampishine办得最好,一毛钱的男式女式衬衫,五毛钱的长裤,七毛五的厚大衣,便宜得骇人听闻,料子和裁制都不错,八成新。我买了些家常穿,因为我发现我穿长裤很合适"。

一九六一年,张爱玲去台湾,陪同她四处行走的王祯和后来回忆她那时的穿着,"简宜轻便","算得上时髦",具体来说就是"一些很舒服的衬衫",但张爱玲固执地把最上面两个扣子解开,在当时还很保守的台湾,这也是很特别的。

从当初的色彩斑斓,到逐渐归于简素和经典,服装上,展示的是张爱玲一整个心路历程。她不再那么刺目,而逐渐与周遭和谐,但这并不意味着妥协,只是她一步一步地,走到现在的自己。

第五辑　偶尔鸡汤

你确定，说出来就好了？

一

不久前的一个周末，和朋友们聚餐结束后，闺密开车送我回家，途中她接到一个电话，车中的蓝牙免提音箱，让我听到那边是一个小姑娘的声音，弱弱地说，有点事儿想跟她聊聊，问她有没有时间。

女友说，我正准备和朋友去喝咖啡，要么你两个小时之后再打过来吧。

她挂了电话，我问她，待会儿还有约会？她笑笑说，不是，只是想让这小姑娘冷静一下，想清楚是不是要给自己打这个电话。

这姑娘是她的小同事,聪明又热血,人很可爱,平时跟她关系不错,但有点倔。这几天,不知怎的,跟他们领导有点不对付,领导是强势了点,但职场上也是在所难免,她估摸着,小姑娘就是想跟她聊这个事儿。

"我帮不了她什么。当然,她可能就是想找我倾诉一下,但这也很不必要。本来,她和领导的矛盾只是他们之间的事儿,就算大家暗地里围观,也可以互相装不知道。她找我聊完之后,等于多了个明晃晃的观众,她和领导的那点疙瘩,本来悄没声息地就消化掉了,也许就因为告诉了我或者其他人,反倒要撑到底。所以我让她冷静一下,两个小时之后,她也许就不会给我打电话了。"

听了女友的这番话,不由得想起一句在影视剧里经常听到的台词:"说出来你会好受一点",女友的看法似乎正相反,到底是说出来好受还是说出来更不好受呢?以我个人经验,还是更加赞成女友一点。

二

《诗经》里有一首《柏舟》,写一个人受了委屈,想找人倾诉一下,于是来到兄弟家中,正赶上兄弟大发雷霆,只得郁闷地退出,觉得整个世界都不好了。

所以你看,找人倾诉遇到的第一个问题是,人家也是一脑门官司,没有义务接收你的心理垃圾,就算打起精神来倾听,未必会有令你满意的回应。万一心神不宁,对于本来就处于精神困境中的你,等于是雪上加霜。

当然,也有可能,你找的这个人当时心情不错,又古道热肠,愿意听你倾诉。但是,正如我的朋友所言,我们表面上是倾诉,实际上也是寻求仲裁,寻求道义的支持,在这个过程中,会不自觉地放大对方的问题,掩饰自己的错误,对方因此显得更加可恶不说,鸡毛蒜皮,不知不觉就变成了原则之争,原本可以消弭于无形的问题,现在就必须有始有终,最后弄到不可收拾。

单位里如此,家庭里也同样,曾经听一个朋友说,他的朋友里,夫妻双方都是本地人的,离婚率要大大高于夫妻双方都是外地人的,他和妻子则因为一个是本地人而另一个是外地人,于是一直处于准备离婚的状态。

他这话一半是玩笑,但也极其有道理,两口子都是本地人的话,吵架翻脸之后,可以很方便地向各自父母求援,就算没那么妈宝,同居一城,也容易惊动父母。

一旦父母介入进来，本来可以低的头不能低了，可以认的错不能认了，你伤害的不只是我的尊严和感情，还有我父母的尊严和感情，内部矛盾分分钟变成敌我矛盾。父母十有八九会劝和，但父母越是深明大义，就越显得不领情的对方不是个东西，观众的存在，强化了事件的戏剧性，也让事件必须进行到底。

三

其实，找人倾诉的人，也未必不了解这一点，就我过去的经验而言，每次倾诉完毕，心中并没有变得更加畅快，相反，每每会处于大空虚中，感觉一件本来可以结束的事情这下结束不了了，而其之后的走向，并非我能控制。

并不是不懊悔的。

那么，为什么我们常常会听到，甚至我们也会说"跟你聊聊我心里好过多了"呢？也许有人确实好过了点，但是我个人的经验是，这句话，也许更多的是巧妙地表达自己的抱歉，你占用了人家那么多时间，倾倒了自己的心理垃圾，还不得有所表示吗？这样说，让对方觉得自己是有价值的，甚至是有恩于你的，也算是一种回报。只是，你把自己处境弄得更加艰难，还无端欠了份人情，你图什么呢？

直说了吧，这看上去很美的"倾诉"二字，也许不过是出于人性的软弱。我们自己扛不住事儿，就想要寻求一个帮手，不是说帮着动手，而是对我们说，你是对的，人家是错的。所以我们找那种十有八九会站在我们这边的人，即便，深知这对解决问题并无帮助，假如不是弄得更糟的话。

四

"倾诉"的实质还是逃避，你没有勇气去面对，想要躲进劝慰和打气的城堡里，但终究不是还要从里面出来吗？进去之后再出来，是不是觉得更难了？与其弄到那一步，不如一开始就尝试着正面面对，没有什么"旁观者清"，当局者出于害怕才会假装犯迷糊。

如果你觉得还是无法独自强大，可以看看书或者收拾一下房间，把自己从特定气氛里超拔出来，进入日常气氛，就是一个修复的过程。阅读可以制造间歇，收拾房间可以增强控制生活的信心，你可以把烦恼的事情写下来，如同对自己倾诉，相信我，一个人对自己倾诉时，一定会比对别人倾诉更为诚实，而诚实，才是解决问题的正确道路。

当然，并不是反对跟人交流，事实上，学会交流有利于身心健康，只是，交流最好建立在无所求的基础上，最好在情绪平稳的时候，这是对友谊的尊重，也是对自身的尊重。

怎样克服人生里淡淡的失败感

一

我一直都记得许多年前那个神奇的经历。

我的一个朋友从外地来找我,带着伤痛的表情和破碎的心,她失恋了。我们并不算特别好的朋友,但她觉得一个热爱写作的人显然更能理解她。

她遇到的事情的确让人无法释怀,那个口口声声说爱她的男人,突然之间不再联系她,她找上门去,对方说,已经对她没有感觉了。

感觉这东西摸不着看不见的,你没法跟它对质。朋友黯然退

出,痛苦不堪,在我的出租屋里,耐心倾听的我,不知道该如何安慰她,那时候我还没有经历深刻的感情,也无法以比惨的方式,让她获得平衡。

可是当时我是个社会新闻记者,第二天还有采访任务,深更半夜地和她坐在床铺的两头,我该如何启齿,才能将她如大河般奔涌而出的悲伤截断?正当我感到"压力山大"的时候,她那边忽然没了动静,我探身望去,她竟然斜靠着枕头,发出均匀的呼吸。

第二天早晨,我们渐次醒来,朋友的脸上有显而易见的羞愧,她敲锣打鼓地以一个无法自救的失恋者的身份从远方而来,却比我还先睡着,确实有点说不过去。她向我解释,她打小在父母的要求下,养成了铁打的生活规律,平时都是九点睡觉,五点起床,因为失恋,入睡时间已经拖后了两个多小时。

这个话题切断了她对恋情的缅怀,她和我一起进入日常状态。加上一夜饱睡后,她的精神状态好了很多,像一棵失水的植物,经过睡眠的浸泡重新变得饱满。

她后来又在我家住了两三天,我清楚地感觉到,夜晚会让她情绪低落,一再下坠,却终将被睡意稳稳接住,而在第二天醒来时,她的精神面貌,都比上一个早晨更好一点。

我当时很想为她写一句诗:睡眠是一个关卡,不允许悲伤越境。很多年之后,我更想篡改一句名人名言:刻板的生活方式才是随身携带的小型避难所。原话是毛姆说的:阅读是随身携带的小型避难所。但刻板的生活方式显然比阅读更为便携,也更有用,外面只管风狂雨骤,准时到来的睡眠,会是你最为坚固的堡垒。

二

人生苦短,却埋伏着太多风险,失恋、失业、失态等等,作为一个活得不怎么戏剧化的人,我人生里最大的风险,就是那种淡淡的失败感。

比如说被退稿,或者没有写出自己想象的那种文字,或者是事情明明很多不知怎的就浑浑噩噩地过了一天,我一度以为这是我对人生领会得不够深刻,一再尝试格物致知,最终不过是把大部分人生浪费在思考人生上了。

当然有时候我也能突然拥有闪光的时刻,获得小小的成功,让我小小地高兴一下,但很快我就发现,依靠成功安慰自己如同

以海水止渴，对于成功的期待，让我更加患得患失，不能忍受失败。

最终帮我走出困境的，正是我前面所言的那种刻板的生活方式。某一天，当我正在为一篇很糟糕的文字苦恼时，某人走进书房对我说，如果我是你，我九点之后只想怎样才能睡个好觉。

我渐渐真的习惯于九点之后入睡，早晨五点半继续写作。当习惯养成，那种希望被上天眷顾的侥幸心理就会少很多，就知道，这个点儿应该写，可以写，写得不好就先写下去，或者回头修改，或是重写，反正每天都要写，着什么急呢？先不说这种平静的心情是否有利于写作，起码，它是有利于人生的。

其实有很多写作者早就这么做了，比如说成天忙着跑步的村上春树，以及有着健身教练般完美身材的毕飞宇，他们活得没那么诗酒风流，也不会成天坐等鸿鹄将至，而是在日复一日的刻板生活里保持平静保持稳定，不被失败感侵扰。

三

那么，如何才能养成刻板的生活方式，首先，你要自信。

我也曾以为我是天生散漫的人，但一个体育老师告诉我，只要经过训练，任何人都能成为杂技演员，所以，不是嘴上说着要，身体却一再后退，而是知行合一地投入进去。想象你正站在一个游泳池边，你是一个初学者，你要做的第一步，是果断地跳进水里。

以早睡早起为例，没有谁是天生的夜晚型人，试试在九点钟上床，不用喝牛奶泡脚或者做其他太有仪式感的事儿，否则反倒会感到压力，只要别把手机带进卧室就可以了，如果实在睡不着，可以翻翻书。一直自以为神经衰弱的我，自从尝试着入睡前背诵《心经》或是《岳阳楼记》迅速入睡之后，不无失落地发现，我并没有患上那种能让自己显得更特别的毛病。

其次，像肯德基和麦当劳一样，机械化地管理自己。

一个肯德基餐厅的管理人员告诉我，他们这里不说"把地扫干净"，只有"把地扫多少下"这种概念。黄仁宇在《万历十五年》里说，中国人不习惯于数目字管理。其实对自己，我们也应该引入数目字管理，比如说你想建立阅读习惯，丢下"朝闻道，夕死可矣"的宏愿，先给自己规定一天读多少页。这听上去很不感性，但所谓感性，常常不过是偷懒并怀有侥幸心理的借口。

最重要的是放弃所谓的完美主义,在机械化的自我管理过程中,有用的是条件反射。

再次,学会借助工具,比如手账。

我本来对于手账无感,但我的朋友李小姐说,手账是自己跟自己签的合同,白纸黑字地记在那里,一清二楚不说,你也不好意思跟自己赖账吧。她每次完成一项,就哗地把那一行划掉,有一种说不出来的快意,她写下来的计划,通常都完成了。

最后,就是坚持,二十一天未必能养成一个习惯,我觉得这事儿是有个体差异的,不妨多一点耐心,反正这个投入跟漫长的一生比起来,怎么着都是划算的。

总之,建造刻板的生活方式,也是一件刻板的事儿,要像建造罗马那样,直面困难,扛住压力,耐心地添砖加瓦,建设得慢一点不怕,越慢说明你越需要做这种建设,一旦建成,则一劳永逸、受益终身。

圆滑是个绊脚石

那时我刚入职场不久,同部门的两个姑娘因为工作问题,发生了严重的矛盾。很明显有个姑娘不占理,但是我无法像其他那些同事那样,旗帜鲜明地反对她。

因为她是我刚来到这里时,第一个邀请我一起去卫生间的人,请想象,在初来乍到的惶然与茫然中,这种邀约会让我怎样受宠若惊。我一直想着投桃报李而不得其门,现在,她遇到了危机,我理所当然应该站到她这一边。

是非观和良心有时候是两件事,在大家对她的声讨里,我始终保持着沉默。困境中的人,对于微弱的支持非常敏感,于是,那个姑娘不只是邀请我一起去卫生间了,她还邀请我下班后一起去逛街。

我们一出公司大门，那个姑娘就激动地指责对手是如何虚伪险恶，我知道她所言并非实情，可是，她都那么信任我了，更重要的是，她的情绪饱和度都那么高了，我怎么可以反驳她呢？她对我又那么好。

我想起长辈的叮咛，在职场上，一定要圆滑一点，跟自己无关的事儿，最好不要掺和。我及时咽下自己的观点，以"是吗""怎么会是这样呢""这样的话就太过分了"做似是而非的回应。好在那姑娘并不细加分析，把我的说法完全理解成支持，情绪渐渐缓和过来，我觉得自己既不算太唯心，也没有得罪人，圆滑果然利人利己啊。

直到半年后，我被分派和这姑娘合作某个任务，因为别人皆对她避之不及，看上去跟她还不错的我，就显得义不容辞了。接下来的体验自然不那么愉快，尽管我极力地小心谨慎地委曲求全，还是不可避免地冒犯了她，在她发飙的那一刻，我忽然想起她当初曾跟我大骂对手，如果那时，我"耿直"地指出她也不是没有问题的，一切就不会变成这样吧？

一是当时若有我的加码，可以促进她的反省，她未必就到这一步，就算她不反省，我打那会儿就得罪她了，也可以避免这次的合作,我的圆滑隐藏了原本存在的问题,最后就是这样,害人害己。

圆滑这件事性价比也许没你想象的高

当然我这个前同事也有点极端,通常情况下,圆滑能够让人的生活更加顺当。所以,虽然我们的传统提倡方正,私下里却有很多提倡圆滑的名句,比如"逢人只说三分话,未可全抛一片心""千言万当,不如一默"等等。貌似圆滑性价比很高,真是这样吗?

有位女友以自身经验告诉我,这是个误区。

这位女友和我年龄差不多,已是某大型国企的高层,她平日里语气温柔,动作舒缓,语速也很慢,倒像个已经绝迹的大家闺秀,而不是传说中雷厉风行风风火火的女强人。

我有次忍不住问她,到底何德何能,在职场上一路春风,她说,他们说,是因为我不圆滑。

她举了一个例子,有次他们公司开会,有个同事做汇报,大家都觉得他做得不好,但都默不作声,眼看着这个同事就要过关,她开口了,说:"如果这样都能通过,不但客户不会满意,也给其他同事做了不好的示范，似乎随随便便就能过关，以后谁还会全力以赴呢？"

本来就有点迟疑的boss（老板）被她的话打动，要那同事拿回去重做。散会后，那同事愤怒地将文件夹砸到她身上，她心里并不是不生气不害怕，但觉得自己是对的，非常坦然。

一年之后，她获得越级提拔，领导说，现在的人太聪明了，像她这样敢说话的人太少了。不圆滑成了她的核心竞争力，她凭借这个，一路晋升。

她的话让我思考，我们自以为的圆滑，也许不过是胆小。但活在当下，竞争激烈，人人胸口都得挂一个"勇"字，勇敢是核心竞争力之一。这种形势下，还自以为聪明地抱持着"圆滑"二字，那么时代把你甩出去之时，真的不会跟你打招呼。

当然，不圆滑也会带来某种损失，比如我这个朋友不就得罪了她同事，但两害相权取其轻，选择勇敢终究更有利于自身发展。

不圆滑和具有攻击性是两件事

那么，为什么还有很多不圆滑导致的悲惨事例呢？我觉得这里有两点需要注意，一是，不要把攻击性当成不圆滑。

比如《红楼梦》里的晴雯，不能说每次出场就要跟人吵架，起码占了二分之一强，抢白袭人麝月，骂小丫鬟，有次看宝钗不顺眼，却阴差阳错地得罪了黛玉，连黛玉都对宝玉说，你屋里的姑娘，真的要管一管。

晴雯可能觉得自己是个直肠子，不像袭人那么圆滑，但是，她的不圆滑首先给别人带来了伤害，比如说小丫鬟坠儿偷金子被发现了，圆滑的平儿建议麝月想个法子打发了她去，这样宝玉面子上也好看点，但晴雯偏要大喊大叫地吵嚷起来，还拿簪子扎坠儿的手，辜负了平儿的一番美意不说，也让宝玉面上无光，后来又为自己招来祸端。

一件明明可以迂回进行的事儿，弄到这个地步，不是不圆滑，而是简单粗暴，缺乏对他人的同理心。

再有，不圆滑这件事，也是需要看形势分对象的，首先对方要有起码的理性，能够交流，像我那个女友，她的"对方"不是那个同事，而是目睹了全过程的所有在场者。若你的"对方"不但无意于交流，同时又极具杀伤力，不妨敬而远之。

我的便携式生活

　　但也不要圆滑地逢迎，否则天道好还，能够指向别人的戾气，也会作用到你身上，类似这样的事儿，在历史上不只发生过一回。

　　不圆滑并不是简单粗暴，它比圆滑需要更多的善意与理性，是一个人素质的综合体现，选择它，能够让你收获更多。

没有应有尽有的生活，
但你可以打造应有尽有的自己

一

离我家两公里的地方即将修建一座图书馆，得知这消息之后，我三天两头地搜索它的建造进程，以及图纸，看到临湖的落地窗，就想象自己已经坐在那里读书。我还三番五次地跑到工地上，看到每个工人都很亲切，觉得他们如此辛苦，在帮我建造更美好的明天。

总之，以读书人自居的我，将自己的幸福指数与这座图书馆紧密地挂起钩来，只盼望它早一点建好，那时候，我的人生才能正式开始。

某一日，我一如既往地搜索那座图书馆的消息，心满意足地

我的便携式生活

躺在沙发上，面对着家里那个巨大的书架时，忽然产生了某种困惑，我到底是喜欢看书，还是喜欢图书馆？或者，还是喜欢那种"喜欢图书馆"的感觉呢？

如果是第一种，我根本不用等到图书馆建成，此刻，我的书架上有那么多我精挑细选来的书，大多没有读完，更不用说，手边那个静静躺着的 kindle 里还有一百多本。如果我真是个爱看书的人，无论是自家的沙发上还是在飞机上地铁上，我可以把所到之处都变成图书馆。

但很多时候我宁可刷微信，也不愿意打开一本书。我喜欢的，也许只是那种生活场景，是对于博尔赫斯的拙劣模仿，他曾说如果有天堂那一定是图书馆的模样。我很希望，这也能成为我的信仰。

事实上，对某种场景的迷恋，已经成为我们进入真实生活的障碍，它让你觉得，还有些条件没有达到，你现在可以暂且假装生活，于是你无所作为地将之前的时间碎片化，以为只要有一座图书馆放在那里，你就会立即变身为阅读狂人。

你以为你是在心心念念地等待时机，实际上你是在纵容你的拖延症。听过一句刻薄话："把你放到月亮上你也不可能好好学习。"即使那个图书馆建成了,我真的能够一蹴而就地进入我想象中的读书状态吗?我估摸也难。

这世上根本没有应有尽有无忧无虑的生活,我们能做到的,只是变成应有尽有可以"带病生存"的自己。

二

见过一个把自己活得"应有尽有"的朋友。

有次和一些同行去某地参加一个活动,坐火车,时间很长,入夜时大家又饿又累,忍不住地抱怨这次出行是"生存大挑战"。只有一个人很安静,头一歪就能睡着,醒了就在看书。最让人羡慕的是,他看了一会儿书之后,从包里取出一只平平无奇的保温杯,又取出一袋茶叶,再去车厢连接处取水,不大一会儿,铁观音的馨香,就穿越车厢里的浊气,清奇地浮现出来。

他用保温杯盖当杯子,怡然自斟自饮起来。好似他面对的不是乌泱泱的一车人,而是绿荫匝地的小小庭院。

我忍不住问他如何能够闹中取静,他笑起来,说,能不能静下来,关键在于你是不是觉得"不应该"。你觉得应该有个床才能睡觉,有套好杯子才能喝茶。但是人生苦短又兼造化弄人,哪有那么多时间摆台啊!要想活得好一点,就要学会即时进入,有套好茶具当然好,但你一定要知道,火车上也是能喝茶的,用保温杯也是能泡出好茶的。

那一刻,他脸上的富足感让我羡慕,那是一种身无长物就能走过万水千山的轻灵。想起庄子所说的"无待",不期待任何事情发生的人,都是像他这样把当下的自己用得很好的人吧。若你自己就是一座花园,你也不会像我这样,期待着你家小区门口赶紧修建一座花园。

三

巧舌如簧的广告人,最擅长制造"期待陷阱",告诉你,那个天价的吹风机和吸尘器应该成为生活标配,不参加他们定制的旅游你就是虚度此生,表面上看,生活繁华到史无前例,但这种种幻象,其实都在阻止你实时进入生活。

欧美一些国家的教育,会让人更多地利用自己,比如中学生的营地生存训练、学习做家务修电器等等。而我们虽不好再讲"万般皆下品唯有读书高",却千军万马,还是奔驰在求学的独木桥上,都希望成为人上人,觉得只有这样才能解决一切难题,然而，实力总是难以与愿望匹配，全民期待，造成了全民焦虑。

如今我们都不爱听"断舍离"这个词了，太像一种话术，但是我所理解的断舍离，不是扔点用不上的破烂，或者鸡肋般的榨汁机之类，而是要扔掉对茫茫未来的期待，切割掉你所以为的必须的条件，身无长物就地取材地面对生活，也许才能不虚这人世之旅。

实现这种断舍离的关键，是切断和未来的通道。

比如说，我现在就不再搜索那个图书馆的消息，当我惦记起它时，会立即劝自己去找本书打开——以"使用已有的东西"取代"期望未来的东西"，能够物尽其用，并且获得及时的满足感。

卸载掉所有貌似能够未卜先知的 APP，包括天气预报。

清空你的网络购物车吧，我猜你一定积攒了很多现在买不起但是觉得可以点缀未来的东西，这些花里胡哨的东西，像一个看上去很美的出轨的对象，使得我们对更加忠实的当下三心二意。

与其梦想诗与远方，不如学习把手中已经拥有的东西更好地使用，请将目光落在三尺之内，想想看，眼前这所有东西的潜力，你有没有挖掘穷尽,而离你最近的那个"东西",其实是你自己。所以,把此刻的自己用好,就是应有尽有。

有个一以贯之的目标，
比有个一以贯之的价值观更重要

一

尽管高考算不得多么愉快的记忆,却令人刻骨铭心,所以每到高考季,朋友圈里齐刷刷的都是以吐槽的名义怀旧,这时我都是插不上话的,因为我没有参加过高考。

二十多年前,我读高二,同学们都在紧锣密鼓地准备考试,我却忙里偷闲地想,我要怎样度过一生。答案自动浮现:我想当个作家。

那么问题来了,参加高考,以我的成绩,最好也不过是考个大专,在还没有扩招的当年,大专学历倒还有点含金量,如果爹的身份也有点含金量的话,混个公务员都有可能。

我爹能耐一般,但混迹小城的文化人队伍里多年,应该能帮我找个工作。但是,这意味着,我需要花很多时间去应对一些和作家梦无关的事儿,把时间花在这上面有点可惜。

不知道是当时年轻无畏,还是成绩实在不够好,总之我果断地决定退学了,在获得我爸的同意之前。后来我爸知道了这事儿,倒也没有特别反对,也认为写作这条路我将来也许能走得通,后来又多方打听,闻听某高校有个作家班,自费送我进去学习了两年。

按说我是一个比较幸运的文学青年,家里支持,自己资质尚可,我应该像很多前辈一样,把所有的时间与精力都花在写作上,一心一意地把自己打造成一个作家。然而,在那个作家班两年的时间里,我除了读书,就把时间都用来彷徨了。

就好像一个人牙一咬眼一闭跳进了水里,都下了决心了,半中间却突然害怕起来。至今我依然记得,走在那个学校里,周围都是当时被称为天之骄子的学生,我清楚地感到,他们将来都会有个美好的前程,但我不会有。脱离正常轨道之后,前面是一大团迷雾,我看不到自己的未来。也许,我选错了路?

忽然就觉得,人总得有个工作吧,总得有个地方混饭吃吧,作家班的结业证书,不足以让我获得一个差不多的工作。

我开始琢磨如何补救,比如参加成人高考,要是能够拿到学历,去考个研究生那就更好了。等我从学校出来,回到小城,我爸也觉得我这种状态有碍身心健康,建议我到某个内刊干点杂活,就是校对和包杂志之类,每月240元,我立即就答应了。那个内刊的工作虽然无聊,却让我看上去跟别人差不多。

后来我离开那家内刊,到别处去,但我始终如一地不能够全力以赴地去写作,一开始是觉得要有个工作,有了工作之后开始买房,然后看见人家都有了第二套房子,便觉得这才是人生标配……

于是就出现了一个很奇怪的现象,我当初放弃高考,就是奔着不一样的人生去的,这些年,我却费尽心思想活得跟大多数人一样。后果是,无论是主流路线,还是我给自己规划的路线,都走得脚步犹疑,浅尝辄止,最后自己都觉得自己面目模糊,平庸至极。我多次想过,如果当时一闭眼,去他妈的,老子就这样朝下过了,那么即便不能取得怎样的文学成就,心里也许比现在踏实得多。

在任何行当,想要成为卓越者,都要有点流氓无产者或是亡命之徒的气质。

我想很多人,到晚年时可能都有这样的悔悟,我不希望我到晚年也是这么想。

二

高晓松曾说,人要有个一以贯之的价值观,这个话很对,但我还想再借用一下,一以贯之的人生目标也很重要。有太多的人,毁于没有一以贯之的目标。

比如《色·戒》里的王佳芝。她本来的目标是作为诱饵哄汉奸老易入彀,以让他买戒指的名义,把他骗到某个珠宝店里,她的同伴已经在那里设下天罗地网,要将这汉奸做掉。

不难看出,她一开始是要做个为民除害的女英雄,然而,在那个珠宝店,她自己倒先被周遭的气氛催了眠,老易在灯下的笑容,更让她产生了"也许这个人是真爱我的"错觉,瞬间改变戏路,目标从"当女英雄"变成了"追求伟大爱情"。

追求爱情没错,但是你一开始就朝这条道上奔啊,你这么一个急刹车,害死了自己,也害苦了同伴,书里说"他(易先生)一脱险马上一个电话打去,把那一带都封锁起来,一网打尽,不到晚上十点钟统统枪毙了"。

《红楼梦》里,造成王熙凤之不幸的,也在于她的人生目标不够一以贯之。如果她想经营好婚姻,就不应该和丈夫贾琏斗心眼,如果她想做女强人,掌握更多权力,在那个时代里,就应该假装大度,起码不要在人前,让已经将权力让出一箭之地的贾琏难堪。她东一榔头西一棒槌的,难免顾此失彼。

三

撇开我自己不谈,我发现,常常是很优秀的人,容易犯下目标过于多头,甚至彼此冲撞的错误。

第一,优秀的人自我感觉良好,认为自己能够将所有的好处兼得,生活也确实给他们提供更多的机会与诱惑,让他们觉得跨界是分分钟的事。

但这十有八九是错觉,我们去观察能够安妥自己的那些人,会发现他们生活或有跌宕起伏,人生规划会有所调整,但终究不

我的便携式生活

改初心。

如果他们想走仕途,就不会标榜"淡泊以致远",如果他们打定主意做生意,就不会嫌合作伙伴俗,如果他们想要家庭事业兼得,就会一开始想办法平衡两者的关系,而不是走了很远之后,突然觉得自己还能改弦易辙。制定一个一以贯之的人生目标,就像种下一棵树,专心培育,耐心等它根须生发,若是左右摇摆,等于是把这棵树左晃晃右晃晃,怎么可能长得大呢?

反省人生,教训如下,首先,目标要早定,但不要定得太急,你要清楚你是什么样的人,能否扛得住为这个目标付出的牺牲。

以我为例,如果我一开始就将会遇到的问题在心里预演一遍,觉得自己扛得住再做出决定,就不会为各种彷徨付出那么多的时间和精神成本了。

第二,所有的目标都没那么容易实现,不要在这里遇到挫折,就以为应该另寻一个温暖的怀抱,红玫瑰与白玫瑰的道理,放之四海而皆准。

第三,某些代价,是成长的必须,就像一棵参天大树,成长时一定被修剪过枝干一样,心平气和地悦纳付出,更有助于实现目标。

能够做到这三点,差不多就能踩出自己的一条路来,即使不能成功,也一定能够有所收获。起码,到了晚年时,对自己交代得过去,不会觉得自己没有试过、努力过、活过。

第五辑　偶尔鸡汤

我的便携式生活

做最坏的准备,就没法尽最大的努力

有次我去外地出差,行前看见保险柜钥匙在桌子上,觉得有必要把它放置得更加稳妥。我找到一个隐秘的角落,丢进去时,对自己说,看,就在这里,请一定不要忘了。

出差回来,又过了一段时间,有一天我需要打开保险柜,便径直走到藏钥匙的地方——我记得是在书架上,某本书和后面壁板之间的缝隙里,我甚至记得,我放钥匙的时候,看见了那本《雾都孤儿》。但是,当我将手向暗处摸索时,里面却空空如也。

我赶忙将整排书都挪开,依然一无所获,我干脆将整个书架重新理一下,其间不断发现我曾苦苦寻找的某本书,却没有心思理会了,我将书架翻了个底朝天,仍不见那把钥匙的踪影。

接下来可以切换成快进镜头,你会看到一个特别可笑的人,她翻找了家中所有的书架,重点区域重复两三遍,这地毯式的搜索没有取得任何效果。

保险箱里没什么值钱的东西,只是有户口本、护照、房产证、娃的出生证等等,我仿佛看见自己奔走在挂失补办的路途上,迎向无数办事人员的后妈脸,这想象让我崩溃。

某人在旁边劝我冷静,说也许它自己会冒出来,但作为一个习惯性做最坏打算的人,我觉得我必须想好后招。家里就有一些东西失踪了再也没出现,比如那个存了很多娃娃照片的旧手机。每个人家里都有一个黑洞,东西掉进去就没了。

某人无语片刻,站起来,洗洗睡了。

实在不行就砸保险柜吧,保险柜好砸吗?我去问"度娘",倒是看到附近有开保险柜的,但我不确定他们就能砸开我家这款。如果不是此刻已经过了午夜十二点,我很想打电话过去咨询一下。

当时钟指向凌晨一点,我独坐灯下,心灰意冷,最后翻出一个帖子,作者说,保险柜生产厂家那里一般都有备份,你把型号报给

我的便携式生活

厂家,对方就能帮你配。

这个办法救了我,第二天一早,我致电生产厂家,居然真的能配,五十块两把。

我刚通过支付宝把钱打给对方,已经抵达办公室的某人打来电话,说他在办公室发现了我半年前给他的一把钥匙。他把照片发过来,正是保险柜的备用钥匙。

如此一来,我有了三把钥匙。

这还没算完,就在当晚,我开冰箱拿饮料时,不期然摸到一把冰冷的钥匙——它确实在某个犄角旮旯里,不过是冰箱而不是书架,是我的记忆系统出了 bug。思呈君看到这一段,对我存放东西的想象力表示佩服,她这样一说,我也觉得自己挺机智的。)

回想这一两天我受到的折磨,真想心疼地抱抱胖胖的自己,如果昨天能多一点耐心,我就不会白白受这么多苦。

我的各种内耗里,有一大部分是与对未来的悲观有关,我经常会对自己说,完了完了全完了,花很多时间郁闷慌张难过,最后都在朗朗乾坤下,发现天下太平,什么也没发生,只是将有限的人生,又切割了一部分用于不快乐了。

不是说我们做事应该"做最坏的打算,尽最大的努力"吗?这也许是最有毒的一个道理。

找钥匙就是一例,还有一次我去某地录视频微课,行前我紧张到极点,脑海中不断放出我面对摄像头一句话都说不出来的场景,或是,我结结巴巴语无伦次,所有的工作人员都耐心等我出丑。

为了不让这种可怕的场景出现,我决定把所有要讲的内容都写下来,大不了现场背。

那是惊人的工作量,每节课二十五分钟,我估摸着要写六七千字,一共是八节课,我要在三四天内写上五六万字,也是让人非常抓狂的。但是怎么办呢?为了避免最坏的情形出现,只能跟自己过不去了。

就这么不眠不休地敲了两天字,逐渐吃不消了,几乎是自暴自弃地关上电脑,想爱咋咋吧,起码前面四节课我还有点把握。

没想到回忆自己写过的文字,比现场组织语言更难,面对摄像头,我不由自主地进入了背诵状态,却又想起上句忘了下句。

导演皱起眉头:"闫老师,您能不能更加自然一点呢?"

我也觉得不自然,很尴尬,最关键是记不起来,听他这么一说,干脆丢掉讲稿,试着现场发挥。事实上,一切并不像想象的那么糟,一气呵成地就讲下来了,原本预计录两天,最后一天搞定,收摊的时候,大家都觉得很轻松。

我后来想,如果一开始我不那么焦虑,还可以更顺利一点,如果一开始我不想象出某种画面来吓唬自己,我就能做得更自然一点。

"最坏的打算,最好的努力"这种鬼话说起来悲壮,其实是你不愿真实地了解自己和外界,不愿意承受适当的压力,首先朝地上一躺,然后一厢情愿地以为,可以用一把蠢力气硬扛,这种反智的做法,当然效果不佳。

相形之下,保持寻常心是个更复杂的工程,它需要你摒弃大脑里撒娇般的一声声"我不行""我完了",冷静地打量你所面对的问题,衡量自己的实力,选择更有效的方式,这其实才是"最大的努力"。所以,我要说,做了"最坏的打算,就没法尽最大的努力"。

人到中年明白这点,是否可以避开一些无谓的损耗呢?

不要让凌乱成为你的宿命

这世上有一些我怎么都做不好的事,比如收拾房子。打小我的屋子都乱糟糟的,家里有人来,我便将两手一摊:"不好意思,我屋里太乱了。"那时候人际关系比现在亲密,家里人来客往,邻居们有事没事的也喜欢串个门,导致我时时需要这样预警,家里人无不印象深刻,他们想要奚落我的时候,通常会模仿我这个动作。

不过我并没有当回事,首先是因为我一直秉承史湘云"是真名士自风流"的精神,觉得房间乱一点不算个事儿,说明我的心思都在高远之事上。汉朝那个陈蕃,他家里也是脏乱差,有长者来访,说:"孺子何不洒扫以待宾客?"陈蕃曰:"大丈夫处世,当扫除天下,安事一室乎?"长者立即转变看法,"知其有清世志,甚奇之。"

你看我们胸有大志的人都这样,只是我没有遇到慧眼识珠的长者而已。

其次子女都是父母的镜子,我妈自己也好不到哪里去,一则忙,没时间收拾;二则都是刚从极度匮乏的处境中走出来,只害怕少而不害怕多,我姥姥常常带着疑似骄傲的口气对我说,"这只凳子跟你同年","那个木盆比你妈年纪都大"。

家中所有的长辈,似乎于"得到"这件事上很淡泊,对"失去"尤其是主动"丢弃"有一种莫名的恐惧,即便没能得到的东西,比需要"丢弃"的贵得多。

如此一来,我就将乱糟糟的房间视为常态,甚至视为诗意化的志存高远的表现,又因此,择偶时完全不把这种能力视为考量对象的标准,当两个"志存高远"的人走在一起,那日子,真是生命中不可承受之乱啊。若有亲朋好友突然来袭,提前告知还好,要是一声"我已经到车站了,正打车去你们家",我和某人面面相觑一秒钟,立即投入水深火热的整理工作中。

想起"雪夜访戴"的故事,倒是替那个戴某感到侥幸,如果他的家,也像我们家这么乱的话。

即便如此,日子也还是顺顺当当地过下去了,我们固然不会收拾,但我们也不挑剔啊。只要心中有恢宏的诗与远方,眼下苟且一下也没什么关系吧。

这种怡然的状态被打破,是在有娃之后,娃两三岁之后热衷于交际,在小花园里和邻家小友蹒跚叙谈还不够,往往还哭着闹着要跟了对方去。随着他的小脚步走访了几家,然后也被别人走访,我被迫发现,需要做出改变的时刻到了。

首先是我家大门打开的一刻,邻居们虽然都保持着很有修养的安静,我却听得到他们内心倒吸的那口凉气,那东一只西一只自行朝客厅深处走去的鞋子,那东一垛西一垛盘踞在沙发上的报纸和书本,餐桌上更有各种不可描述的陈列摆放,性质不同用途不同也许相互间深度鄙夷的东西,不得不委屈地并肩叠加在一起……

年少时,我可以不在乎爸妈的面子,人到中年,却不能让娃太没面子,更何况,家里收拾得利不利索,还真不只是一个面子的事。

比如那个名叫杭杭的小姑娘家,并不算大,装修得也很简单,但所有的东西都各就各位,有次我们正聊着天,杭杭的妈妈发现

我的便携式生活

需要给女儿剪一下指甲,站起身,拉开电视柜的抽屉,取出一个八宝格样式的盒子,有的放矢地把那个指甲剪找了出来。

我回想起我们家那个萍踪侠影的指甲剪,回想起每次想到要找东西时那种大祸临头的感觉,顿时感到自己在寻找东西这件事上虚度了多少光阴,一样东西并不是买回家就能成为它的主人,招之即来才是。杭杭家这样才叫应有尽有,而我家的东西,却像个难以捉摸的恋人,只能邂逅,不能召唤。

一番游历下来,我决心痛改前非,那么我们家应该是焕然一新从此过上幸福的生活了吧?然而并不。也许是积重难返,需要做的工作太多了,我有时发个大狠,也能让家中清爽几天,但很快一切又变得凌乱。大狠却不是说发就能发的,要做很久的心理建设,如此一来,收拾就成为苦役,需要立项、酝酿、督促的大工程。

我曾想,这,大概就是我的命运。

但是,有句名言叫作"阅读改变命运",通常对这句话的理解就是"书中自有黄金屋,书中自有颜如玉",靠阅读学富五车皇榜高中迎娶白富美走上人生巅峰。其实对命运的理解有很多种,有些书,能够改变你只能乱糟糟地活下去的命运。

就像这本《整理家,整理亲密关系》。乍一看,这很像一本讲家居收纳布置的书,不瞒您说,这种书我也买过,有德国人写的,有日本人写的,循循善诱,图片精美,阅读时也蠢蠢欲动,书一合上也就该干吗干吗去了。

这类书提倡的都是极简生活,教人们断舍离、尽量用优质的产品,道理我都知道,我早就知道,这不是做不到吗?

所以,一开始,我也是脸上挂着哂笑,打开这本书的,但只是第一页就把我震住了,人家先不说怎么收拾,先精准地指出病根之所在:"以并不现实的榜样为目标,不了解自己的资源和特质,将自己对现实的改变指向那个如梦的范本,最后,行至暮年才不得不面对梦想破灭的残酷命运。"

这说的既是我家何以弄不好,也是我的日子何以过不好,我梦想着我的家能像杂志里的图片那样又整洁又空旷,又知道自己做不到所以干脆躺着。同样,我总期望写出伟大的作品,同时也知道这目标如珠穆朗玛峰那样高,既然做不到,干脆胡乱度日。

作者说:"一个人操持家的水平和操持自己人生的水平是一致的,差别只在于道场或曰舞台空间的不同。"除了使劲点头,我还能说什么呢?

作者为我们这一类人指路："很多改变是从最不起眼的细节开始的，经过若干积累，终至质变。例如，如果从刷干净一个杯子、擦干净一张桌子做起，之后就能整理好书柜，就会看到书架上有哪些书还没来得及阅读。可能就会提示你一些以往被忽略但对自己很有用的信息。"

说得太对了，我一直自称是完美主义者，如果擦一张桌子，就要擦得很干净，一旦开始打扫，就要犄角旮旯都打扫得干干净净，这种对完美的追求，反而形成了束缚，许多时候，我们抽不出大块的时间，只好任由房间邋遢下去。这所谓的完美主义，称为不敢面对现实也可以。

其次，整齐的家，是建立在和谐的家庭关系上的。这一点，要分两方面来讲，一方面是一个有爱的家，就会顾及每一个家庭成员的习惯与爱好，"如果你安排的秩序即便一个访客都能轻松配合，基本上你的家人就不会感到拘束"。

这句话令我反思，我一直想要那种洁净空旷的空间，却从未想过这是不是其他家庭成员的梦想，甚至没有询问过他们想要一个怎样的家，那么，我凭什么愤怒于他们破坏我的秩序呢？他们心中也自有一种秩序啊！

另一方面，作者还建议，让家中其他人参与到家务劳动中来。这一点，我不是没有尝试过，但往往以不欢而散收场，究其原因，正如作者所言，出发点不是爱，倒是一肚子怨气。明明是大家一起建设美好家庭，我却总是以谴责开场，以胁迫结束，家人会觉得这些家务事是为我而做的，为一个不高兴的准备爆炸的"暴君"而做的，难免有各种不情愿，各种敷衍塞责。

一件事，可以有二十种表达方式，为什么非要选择最糟糕的那一种呢？

当然，作者也提到，一个整洁的家，真的不能有太多东西，这种观点向来有之，"丢掉五十样东西，找回一百分人生"，说得很铿锵。可是，哪五十样东西应该丢，标准很难定啊。看似每一样东西暂时都用不上，但是，万一将来要用呢？

仿佛知道我的心理，作者说"我们家中大量的物品都是用来化解恐惧和支撑幻想的，也因此它们十之八九都是多余的。那些日常生活所需以及渗透了你真挚感情的东西并不会太多，因为身体所需不多，而情感大多不依托于物质而存在，认清了这一点，恋物会让你觉得很荒唐吧"。

我的便携式生活

　　它提供了一个标准,拿起一样东西,你可以扪心自问,我到底是真的需要它,还是我幻想我会需要,我害怕我需要的时候没有。你还会不由自主地观照你的人生,有哪些时刻,你在经营此刻的快乐,又有哪些时刻,你所做的一切,不过是徒劳地躲避无常。你会发现,所谓活在当下,其实可以具体为收拾好身边的一小块空间。

　　写到这里,忽然想起去年黄子韬他爸说,他家特别大,遇到难题时他就去收拾房子,一个家收拾下来,他的人生难题也基本解决了。这说法曾遭到群嘲,都以为他在炫富,炫耀他家房子有多大,可是他说的明明是大实话啊,因人废言,竟然到如此地步。

第六辑　**日本系列**

第一眼东京

走下飞机,穿过机场长长的走廊,迎面而来的,是马桶盖的广告,周迅巧笑嫣然地为其代言。

这是在日本成田机场,我应日本国际交流基金会之邀,在东京生活一段时间。之前蒋方舟参加过这个项目,看她那本《东京一年》,曾很是向往,然而,当自己也确定被邀请时,竟有些没着没落起来,走在机场里的这一刻,这感觉更是清晰。

请想象,像我这样的一个中年人,此前跟生活纠缠得难分难舍,工作,孩子,习惯的生活气氛……突然被际遇抓取,降落到陌生的大城市,要自己安排每一天,怎么着,都会有些不安吧?

当然,对眼前的城市,我也不能说一无所知,这了解,从《哆啦

我的便携式生活

A 梦》里来，从宫崎骏的动画片里来，从那部有点颓但最后似乎扬起光明尾巴的电影《迷失东京》里来，要知道，我是一个在家门口散散步，心里都能够风起云涌三千字的人，对于这样一座既有历史又有现在的城，也不是不好奇的。

司机在出口等我，载我去白金台区的明治大学国际会馆，这地区听起来是不是很高大上？基金会和我对接的安富女士已经在微信里告诉我，此地是富人区。

从二线城市城乡接合部来的人民，不由得发动想象，东京的富人区会长啥样？是遍布华丽的楼厦，还是阔绰的大草坪上生长出一栋栋令人望而生畏的小小洋楼？然而车子曲曲折折地拐进了一条极窄的小巷，两旁倒是些两三层的别墅，皆十分素朴，大门就在路边，象征性地拦了一条铁链。

稍稍有点显眼的，是一路上看到的轿车不是本田就是丰田或日产，到了这里，才看到宝马、奔驰以及更多"不明觉厉"的汽车品牌。我还在愣愣地琢磨，车停在一个小院门口，我即将入住的地方到了。

拖着两只大箱子，推开铁门，扑面而来的是一种静。其实外面也很安静，但是外面的那种安静尚是流动的气息，这里的静，有一点点凝固感。不大的院落，近乎一尘不染，连花池里的花，都开得屏息静气。

站在院子里等待去学校取钥匙的安富女士，我想喝口水，才将保温杯盖拧了一下，就发觉那声音大得惊人，恍若有回声，我忙把杯盖拧上。这时，空中传来乌鸦的呱呱声，不知道是嘲笑我这初来者的冒失，还是太过谨慎。

我的房间在二楼，带卫生间和简易厨房，还有个小小的浴缸，锅碗瓢盆吸尘器等等一应俱全，电磁炉擦得锃亮。让我略有不安的是，临近电磁炉和洗菜池的地方，居然也铺着地毯。我暗暗告诫自己，离开时一定要让这地毯像此刻一样啊，咱大老远来一趟，一不能给日本人民添乱二不能给祖国人民添堵不是？

此时是下午的四五点钟，安富女士很友善地带我在附近走走。换了个视野，才发现眼前风景别有一种气象，那一栋栋貌不惊人的小楼，都有可玩味的细节，别的不说，就是镶嵌在门窗上的玻璃，都用尽了心思，雨花纹、云朵纹、菱格纹，傍晚的光线弹跳其上，让人忍不住一再驻足。

微距好看，长焦也好看，有坡度的路，错落有致的楼栋，乌鸦在大树间飞来飞去，复原了"乌啼隐杨花"的古意，这些甚至提升

我的便携式生活

了扯得乱七八糟的电线的格调,加上特别干净的蓝天白云,像是在旧时代里,随时能奔出一个大雄或是哆啦A梦,又或者,宫崎骏的小魔女带着奇葩的快递,从头上呼呼飞过。

第一眼东京,竟有穿越感,也许是因为这地方有根基,有一种静气,又或者,是我自己已经有很多年,没有这样一个人待着了,虽然在这里也得到日本朋友的关照,心里却知道,终究是只和自己在一起。

这种又寂寞又美好的体验,也许平生不会再有,换一个地方,是换一种和自己相处的方式。许多年前,另一个女子,也曾这样将自己凭空拔出,甩到千里万里之外。当然,在际遇之外,她的远走,是因为太痛苦。

那个女子是被鲁迅认为"最有前途"的女作家萧红,1936年7月,她和萧军感情上摩擦不断,决定暂时分开旅行,萧军去青岛,她去东京,住在东京麴町区富士见町二丁目九一五中村方。在那里,她白天黑夜无休止地写,有时抱怨"这样一天一天的我不晓得怎样过下去,真是好像充军西伯利亚一样",有时又感慨"自己就在日本。自由和舒适,平静和安闲,经济一点也不压迫,这真是黄金时代,但又多么寂寞的黄金时代呀"!

其间感觉的变幻,正是她与自己碰撞的结果,在这个地方,她遇见这样或那样的自己。而我又将遇见怎样的日本和自己,还需要时日给我结果。

我在日本遇到的最可怕的事

一直听说日本人待人客气但是很有疏离感,但我来日本之后,很是遇到了几个热心的日本人。比如我住的国际会馆的管理员河谷女士,有次我上楼时不小心崴了一下脚,被她看见了,我回房间没多久,就听见有人敲门,河谷女士微笑着站在门口,递给我两个冰敷包。

还有一次,我跟她说起我妈月底会来看我,她就建议让我妈在我的房间里打个地铺,附近的超市,一套被褥床垫也就人民币一千多一点,比住酒店合算多了。

这话正中我下怀,会馆位于富人区,周围酒店贵得惊人,要是住远一点,又很不方便。只是围观过那场"瑞典风波"之后,我很怕自己入乡而没有随俗,影响人家对中国人的观感。现在河谷女士主动提出来,我释然地想,人家日本人也是过日子的人嘛。后来她见到我总问我要不要电饭煲或是餐具。

前几天,河谷女士又来敲我的门,告诉我,她找我有两件事,一是她那里有一张床垫,是已经离开的老师留下的私人物品,可以送给我"自由使用";二是她要给我一个介绍怎样进行垃圾分类的小册子,"你可以把它放在电视柜里"。

第一件事当然让我不胜感激,第二件事则让我心里微微一沉,虽然河谷女士强调了"你可以把它放在电视柜里",好像她只是例行公事,但是日本人说话向来含蓄,提醒就是很大的批评了,她送来这个小册子,是不是暗示我没有把垃圾分好类呢?

然而我已经竭尽全力。

来到日本的第一个晚上,我久久地站在电磁炉前,研究墙上贴的垃圾分类表,越看越困惑。

比如,图上说,食品包装盒若有循环标志,就属于资源,要放到资源类的垃圾桶里,但是,太脏的话就要放到易燃类垃圾桶里。可这个"脏",是脏到什么程度呢? 如果我犯懒,是不是可以一股脑儿全扔到易燃类垃圾桶里呢? 反正扔进去就弄脏了嘛。

而且上面列出的东西太有限了，更多的东西，我不知道该怎么分类，我多次向在日本的中国朋友请教，人家都说，每个区的情况都不同。我只好大估摸地分一下，每次扔垃圾时，都是趁着风高月黑，跟做贼似的。

那么，我就来看看这个小册子，我到底有没有分错。

小册子比墙上那张图详细很多，而且非常循循善诱，有漫画，还有对答，最重要的是，一翻就是全中文介绍——这让我有点敏感，再朝前翻翻还有英文的才放下心来。但等我深入一看，大冬天的，背上却冒出了一身冷汗，我居然错了那么多。

比如说，超市里给的塑料袋不可以做垃圾袋，垃圾袋是专用的全透明的，这我知道。只是攒了一堆超市塑料袋无用武之地，我有时候会先用塑料袋装垃圾，然后一起放到垃圾袋里，这个小册子就告诉我，垃圾必须放到完全可视的透明垃圾袋里，绝不能套双层袋子。

还有，所有药妆店都卖的蒸汽眼罩，你觉得它应该是易燃类还是资源类抑或是金属玻璃类？凭直觉应该是第一类吧？但这个小册子告诉我，暖宝宝属于金属玻璃类，那么蒸汽眼罩应该也是这一类。

塑料饮料瓶属于哪一类？当然资源类啊。这个回答倒是没错，但是，上面图文并茂地介绍了正确的扔饮料瓶的办法，要把盖子取下来，把标签撕下来，全部洗干净，再放到资源类垃圾桶里。

我的天，那些撕不掉的标签怎么办？比如贴在玻璃瓶子上的就很难撕，难道要用水泡掉再撕吗？反正，我以后看到贴着很难撕的标签的玻璃瓶子要绕着走了。

让我不敢下手的还有鱼罐头。罐头盒属于资源类，但是易拉罐的拉环就属于金属玻璃类，那么罐头盒子上面带有拉环的盖子属于哪一类呢？……太头疼了，爱吃鱼罐头的我，从此只有出门旅行住酒店时，才敢买回房间解解馋——酒店房间只有一个垃圾桶，明显不用分类了。

并不是我过于小心，据说有在日本打黑工的中国人，就是做不好垃圾分类，被人举报，然后身份暴露了，被遣送回国。而我遇到的一位在明治大学读博士的女生告诉我，她刚来的时候，租住民宅，一开始扔出去的垃圾，曾经被人退回过，说是分类有误。

这话让我很震惊，难道还有人认真检查你扔出去的垃圾？她说,抽查吧,或者隔着塑料袋捏……

在日本,我经常感觉到此地人的不设防,比如说,住酒店不用交押金,在这个前提下吃饭还可以挂账,甚至生病也不用先付钱……但是,日本人放在门口的垃圾箱是要上锁的。

我于是感到了某种乡愁,而且特别乐于出门旅行,不仅是因为远方有美好的风光等着我,而是,如前所述,住酒店不用做垃圾分类了啊。我也经常暗暗发狠,以后一天三顿都在外面解决,不做饭可以最大限度避免产生垃圾……我算是明白日本人为什么能得那么多诺贝尔奖了,从小被训练做这样复杂的分类,那脑回路自然不同寻常。

虽是这样说,但是日本人对待垃圾分类如临大敌,一定不是乐于自虐,有许多事,日本都走在我们前面,他们对垃圾分类这般重视,一定是他们富有前瞻性地看到了某种必要性。

尽管我们地域更为广大,但也禁不住过度的折腾,尤其是在物质比从前不知道丰富了多少倍的今天,制造垃圾的速度也不断提升。将垃圾进行分类,也应该成为当务之急,只是,在这之前,咱们能不能发个更加详细的小册子,或者开个什么课?我一定会认真听讲,并且好好记笔记的。

爱鞠躬的日本人让我尴尬

在东京街头,常有穿越之感,因为经常看到有人在鞠躬,鞠一次还不够,一来就是三五个,有时候一方已经走了,另一方还对着那背影,慎独地一再鞠着。

很像中国的民国时候,从前慢,人们和和气气,还保持着鞠躬的习惯,在民国的小说和散文里,你能时不时地看见,谁对谁鞠了个躬。

如今的国人,是不大会鞠躬的,我以前都没注意到这一点,也是到了东京才想起来。其实以前在日本的影视剧里,常常看到日本人互相鞠躬,但是影视剧嘛,本来就隔了一层,不可能那么较真。

我的便携式生活

到了东京，亲眼看见真人那样恭恭敬敬地鞠躬，他们在超市里鞠躬，在餐厅里鞠躬，在路上鞠躬，有一次，在地铁上，我看到一个男人落座之前，居然先对边上的人鞠了个大躬。我的天，难怪日本人大多苗条，不说鞠躬时消耗的体能，就是时刻留心要给谁鞠个躬的眼力见儿，也不是容易练成的吧。

对于这鞠躬，我感觉复杂。作为外国人，面对日本人的鞠躬，我不知道是不是也应该投桃报李地鞠上好几个，那么着多少有点邯郸学步的尴尬，但若是浅尝辄止呢，又担心失礼——我来日本之前，在心里一再告诫自己，千万不能给祖国丢脸。

于是常常手足无措的，外加许多不安和失悔，难免觉得这是不必要的繁文缛节。但另外一些时候，又觉得，礼仪的确是教化的一种，那种日式的和气，极有可能就是这爱鞠躬的习惯蓄养出来的。

来日本之后一个比较明显的感受，就是不容易受气了。打交道的那些人，不管是超市收银员还是宿舍管理人员，乃至陌生路人，都是先鞠躬后说话，说完话再鞠躬。想想看，要是鞠完躬再黑脸或是发飙，是不是太高难度？倒是转化为一张笑眯眯的脸，更加行云流水，大家都笑眯眯的，就很容易和谐啊。

有次去"NITORI"(相当于日本宜家)买东西,想买的东西在不同楼层,我看到每个楼层都有收银员,不确定在该楼层买的东西能否在其他楼层统一结算,正拎着东西远远地发愣,收银员大婶已经对我露出极其灿烂的笑脸,一连串问候,我用手语表达了我的意思,她欢快地表示,完全没问题。

也并不是一种不走心的温和,在某个超市,结账时收银员拿出拖鞋,指着尺码标签疑问地看着我,我知道她是觉得不像我的尺码,我本来也是打算买给喜欢穿大鞋的我妈的。我含笑拼命点头表示确定,她才替我装进袋子里。

我的笨拙也不会被人翻白眼,有次逛小店时掏手机,把口袋里的硬币撒了一地。售货员赶紧蹲下来帮我捡,捡完就走开了,根本不用担心她下一步若是热情推销如何拒绝。

在地铁站也是这样,东京地铁站指示算是清楚的,但有时还是难免迷失。有次,去向穿制服的大叔问路,离人家还有老远,那大叔已经从我的眼神里,识别出他是我的目标所在,连忙朝我鞠了俩躬。

我比画半天,还是互相听不懂,我茫然地抱歉地笑着,准备再想辙了,那大叔却在一连串的鞠躬之后,把我带到旁边窗口,他认

为里面那个年轻人可以帮助我。

我以前遇到别人给脸色看,也会从对方角度去想,人家每天要见那么多人,其中不乏奇葩,以冷漠表达戒备,也是在所难免。来到东京之后,我依然改不了越俎代庖的习惯,要思考一下,同样是要见很多人,人家怎么还能够一次次地鞠躬,笑得这样灿烂呢?

也许,主要问题是,为什么非要不高兴呢?

我们有句话是,高兴也是一天,不高兴也是一天,可以高兴,干吗非要不高兴呢?但问题是,让自己高兴起来很难啊,要做很多的心理建设,自我超越,志存高远,这个过程非常长也非常烦琐,可以说相当反人性。

直接表示不高兴,才是更加快捷的发泄。"我都这么不高兴了,干脆大家一起不高兴吧。要是让你高兴了,我就亏大了。"情绪垃圾被丢出去,你也丢,我也丢,最后到处都是,一出门就是一大摊戾气。

近来这种情况似乎尤为严重,出门在外,你会发现太多易燃易爆的人类,而且由于大家都以"不高兴"为武器,要想成为王者,就得将自己的火暴程度升级,怂一点的人出门都胆战心惊的,生怕一不小心惹得对方提刀杀将过来。有些"一夫当关,万夫莫开"的窗口工作人员,因占了天时地利,则以冷暴力制胜。

强中自有强中手,要想永立不败之地,就要不断提升自己的火暴指数,最终的结果是提升了整个社会的戾气指数,保不齐哪天你就落到一个狠角色手里,那时会想起这是自己种的因结的果吗?

让别人不高兴,真的不是让自己高兴起来的办法。

日本人处理情绪垃圾的方式,不是提倡一下精神文明就完了,而是通过礼仪式进行规范。"礼仪"二字貌似温和,其实带有一定的强制性,一次次地低头、弯腰、鞠躬,看上去非常程式化,但总会有一种不自觉的自省,把那个被规定的礼仪流程走完,啥心灵鸡汤都不用喝,那股气自己就顺了。

想想他们处理现实中垃圾的方式,跟这个有点像。

来日本之后,扔垃圾成了我最大的困扰,厨房的墙壁上就贴着处理垃圾分类的图示,但是我总是不能确定。

比如说,图中将垃圾分为可燃垃圾和资源垃圾两大类,落叶

我的便携式生活

纸杯纸类属于可燃垃圾我能理解，但是光盘磁带为什么也可燃呢？又比如说，塑料瓶、便当盒、各种包装盒属于资源类垃圾，但弄脏了的可以放入可燃垃圾里。既然使用，难免弄脏，这个脏，到底脏到什么程度？当然，我可以清洗一下，但是要洗得很干净吗？需要晾干吗？

一个饮料杯，纸质盒盖属于可燃垃圾，塑料杯体和吸管都属于资源垃圾，一听可乐，拉环属于金属垃圾，瓶身属于资源垃圾，如果上面有标签，则要撕下来，扔到可燃垃圾桶中。

作为本来就不容易有确定感的人，我简直纠结死了，即使非常非常认真地分了类，扔垃圾时，还是心虚得像扔一个血淋淋的人头，生怕一不小心弄错了，给祖国丢了脸。

听说因为我们这栋楼住的都是国际友人，要求已经放宽很多，对本国人则是复杂得令人发指，扔错了还要罚款，全世界就日本最严格。这简直是跟人性过不去，然而，在第一时间里处理了，消解了，也一劳永逸啊，不然，垃圾永远在那里，扔出去，你以为就碰不到了吗？

情绪垃圾也是这样，孔子夸颜回"不迁怒，不贰过"，"怒"即使迁往别处，依然存在，迟早，它会在充分发酵之后，以自己的方式弹回来。

不管你喜不喜欢日本,都不得不承认,在过日子这件事上,日本人更有心,考虑得更长远。同时他们更乐于求助自身而不是他人——有句话叫"没有人能比你做得更好",日本人像是真的相信这点,不管是处理情绪垃圾还是处理生活垃圾,他们都是先把自己的事情做好再说,这也值得我们学习。

当然,大家互相鞠躬的盛景,在我们这里估计难以重现,但是互相给个好脸色,说话之前斟酌一下措辞,应该还是可以做到的事,起码,我觉得我可以做到。

从神保町到饭田桥——被萧红丢在日本的"黄金时代"

一

到东京的第二天,我去了饭田桥,从神保町走过去,一点五公里。我原本想直接去饭田桥,没想到在东京一个地铁站台会跑几个路线,我稀里糊涂地坐错了车,到了神保町。

从地铁口上来,天已经黑下来,著名的书市一条街灯光次第亮起,亮晶晶的,像即将融化在威士忌里的冰块。这才不过下午四五点,位于东九时区的东京,天黑得要早一点。著名的内山书店就在这条街上,有不少中文书,我还见到了久违的《读书》和《读者》杂志。

我想,也好,萧红当年在东京时,活动范围主要就是饭田桥到神保町,她也曾像我这样在神保町的书店里一路随意翻翻,再一个人走回饭田桥去。

一九三六年七月到当年年底,萧红住在麹町区富士见町二丁目九一五,即如今的饭田桥站附近。十一月十九日给萧军的信里,她写道,窗上洒满着白月的当儿,我愿意关了灯,坐下来沉默一些时候,就在这沉默中,忽然像有警钟似的来到我的心上:"这不就是我的黄金时代吗?此刻。"

又安宁又寂寞,在她的一生里,这是昙花一现的时光。她差一点就以这异国的寂寞为基石,建立起她的堡垒,但终究功亏一篑。

这年七月,萧红和萧军前后脚离开上海,萧军去青岛,萧红去日本。已经在一起四年的他们暂时分离,原因有两点,第一,萧红想要自救。这半年来,萧军感情上不时地风云再起,让她艰于呼吸。

萧军和萧红相识于四年前的哈尔滨,当时萧红怀了孕而未婚夫跑掉了,她付不起房费,被旅馆老板关押,萧军同情她的苦难,倾慕她的才华,在这种情况下,"不过是两夜十二个钟点,什么全有了……而且他们所不能做,不敢做,所不想做的,也全被我们做了……做了"(萧军《烛心》)。

说来也是一段一见钟情的传奇,但接着,萧军告诉萧红,他心里是另外有人的:"当她——楼下的姑娘——抛给我一个笑时,便什么威胁全忘了。"

最终,萧红还是和萧军走到一起。这并不意味从此就岁月静好,俩人同居后没多久,萧军又和一个名叫陈涓的姑娘往来热络。陈涓常到他家做客,萧军送人家枯萎的玫瑰花,后来姑娘回上海,萧军伤离别之余,还在人家脸上亲了一下。

并不是宝玉式的多情,萧军一直自视为钢铁男儿,然而直男式的多情,更令人毛骨悚然,自恋、用力,又笨拙,完全没有反省。后来萧军到了上海,还惦记着去找陈涓,陈涓已去了北方。功夫不负有心人,一九三六年春天,陈涓终于重新出现在萧军眼前,对于萧军是美梦成真,对于萧红,则是噩梦重演。

她要面对萧军的谎言,比如说,明明是去看陈涓,却说去公园。而这谎言,已经算是很体谅了,有时,萧军还会邀请她一起欣赏自己给心上人写的情诗——胡兰成也请张爱玲看过他给新欢周训德写的文章,这都是什么脑回路啊!

更要命的是,他的心上人,并不止陈涓这一位,我是说,假如我们不把萧红算在内的话。

置身于感情旋涡里;萧红痛苦不堪,纾解之道是每天去相距不远的鲁迅家,但是当时鲁迅身体每况愈下,许广平心神不宁,还曾对梅志抱怨过萧红来得太勤,一坐就是半天。

鲁迅呢,他喜欢这个北方姑娘,但对于她一天要来上一两趟,也有点啼笑皆非。有一回,面对萧红当天第二次的光临,他笑道,好久不见好久不见。萧红不明所以,看到鲁迅笑起来,便跟着释然,想,他也是在开玩笑吧。

萧红有那么傻白甜吗?如果是,她就不会在临终前,写"半生遭尽白眼"了,她的释然,更像《白玫瑰与红玫瑰》里的孟烟鹂,被丈夫当众嫌弃,赶紧去看旁人的脸,怕人家没听懂她丈夫说的笑话。

鲁迅的家,不是她最好的避风港,也许,可以躲得更远一点,比如东瀛。

二

日本首先是足够远，另外，它还有国内没有的优势。

和张爱玲想到美国大展拳脚一样，萧红也想在文学事业上有所突破，当时日本的出版业非常发达，萧红希望能够在日本学习日语，打开眼界，让写作再上台阶。她和萧军有个朋友黄源，他妻子许粤华当时就在日本学习，据说已经小有成绩，萧红可以投奔她。

这两件事，视作一件事也可以：心碎之后，唯有在伟大的事业里寻求庇护。加上当时他俩都出了书，经济状况还不错，萧红和萧军遂决定分开旅行，一年为期。

说来很有意味，萧红、萧军两人从东北来到上海，身上多少有流亡作家的标签，当时中日关系十分紧张，从后来萧红写给萧军的书信看，她对于日本便衣的例行搜检亦如临大敌。但是这些都不能阻挡她把日本作为目的地，说明即使在当时的情况下，中日之间民间性的往来，也还算正常。

到日本没几天，萧红就和许粤华一起去了神保町。游览归来,她有点索然,说"那书铺好像与我一点关系也没有",可能都是日文书的缘故。

尽管如此,二十多天后,许粤华回国,萧红有勇气一个人独自出游时,又去了神保町,说:"那地方的书局很多,也很热闹,但自己走起来也总觉得没什么趣味,想买点什么,也没有买,又原路走回来了。"

萧红一次次去神保町,自有她的缘故。

神保町作为东京的文化街区历史悠久,从二十世纪初,就是中国留学生的主要盘桓之地,这里书店云集,颇有几家接收中国留学生的学校,鲁迅先生应该也曾来过。既然萧红有志于开辟自己的新天地,自然要来神保町打卡。

这两次出行之外,她更多的是在房间里疯狂地写作。日本房东不错,经常送她一些礼物,方糖、花生、饼干、苹果、葡萄之类,还有一盆花。便衣警察来盘问时,房东也会替她阻拦。萧红在给萧军的信里写,"比中国房东好"。

那段时间萧红成绩颇丰,一天能写上十多页,五千字左右。她原本习惯早睡,到日本后,她发现自己没那么容易困了,非常开心。学习日语的计划也在展开,九月十号,她去东亚学校报了名,十四号即开始学习。

东亚学校也在神保町,在如今的爱全公园附近。创办人叫松本龟次郎,曾经在弘文学院教过鲁迅日语。一九一四年,他创办了东亚高等预备学校,因为学费便宜,一度有三分之二的中国留学生在此学习,包括周恩来、秋瑾等人。

萧红上的应该是强化训练班,一天要学习五六个小时,忙碌让她情绪渐渐稳定,九月十号她在给萧军的信里还说也许过不了几个月她就会回去,到了十月十三号,她表示不想来回乱跑,现在很平安,就不回去了。

十月十九日,鲁迅去世,消息传来,她非常震动,却也接受这生死的必然,不打算改变自己的计划。她准备在十二月间完成一个十万字的书稿,并且很清楚地对萧军说:"从此我可就不愿再那样妨害你了。你有你的自由了。"同时说:"日语懂了一些了。"

在学习语言、写作和适应新环境中,她的新世界在一点点建成,之后有好几封信,萧红都明确表示,自己只愿意"逍遥地在这里","没有迟疑过",就连那次说要回去,也不过是"偶尔说着玩的"。

对于日本,她也不能说完全满意,虽然觉得房东人很好,却颇不习惯日本的气氛:"他们人民的生活,一点自由也没有,一天到晚,连一点声音也听不到,所有的住宅都像空着,而且没有住人的样子。一天到晚歌声是没有的,哭声笑声也都没有。夜里从窗子往外看去,家屋就都黑了,灯光也都被关在板窗里面。"

日本人民的确是太安静了,直到今天依然如此,无人的小巷固然静得让人心里发毛,人流汹涌的地铁站,也只有脚步声而没有人声。日本人的内敛,让成长于大东北的萧红很不习惯,另外,她也对日本人的"工作狂"望而生畏。

然而这寂寞又何尝不是良药苦口?就像曾经的热闹有多少不是幻象?到了十二月底,她在给萧军的信里,清晰地显示出自己正在被治愈:"现在头亦不痛,脚亦不痛,勿劳念耳。"到这时候,萧红也许才算真正进入她的黄金时代。

三

世事总是难以预测,就在这封信发出去不久的一月初,萧红突然回国,对于这个一百八十度大转弯,她没有留下解释的文字,倒是萧军在若干年后为她的书信做注时,解释了那缘故,是他要

她回去。

萧军说:"她在日本期间,由于某种偶然的际遇,我曾经和某君有过一段短时期感情上的纠葛——所谓'恋爱'——但是我和对方清楚意识到为了道义上的考虑彼此没有结合的可能。为了要结束这种'无结果的恋爱',我们彼此同意促使萧红由日本马上回来。这种'结束'也并不能说彼此没有痛苦的!"

这个"某君",就是萧红去日本时投奔的女伴——黄源的妻子许粤华。既是他的女人的好友,又是他好友的女人,萧军自己也知道太夸张了,所以他和许粤华一合计,把萧红召回来做防火墙。

"为了道义上的考虑""我们彼此同意",说得好不深明大义,他在内心里是不是都想给自己鞠个躬呢?但是,把萧红推到中间烤,真的有道义可言吗?

《小团圆》里,九莉对邵之雍的腹诽用到这里真是恰如其分:"他不管我死活,只要保全他自己的。"

在太平无事的岁月,男人自视强大,以藐视女人为荣,出了事就理直气壮地把女人推到火线上。而女人,常常也很配合,比如风头浪尖上,奶茶妹的那一句:"一家人在一起就是圆满,唯愿守得云开见月明。"大多数人都认为奶茶妹是为了生存,但根据我有限的经验,女人常常会有这种幼稚的慨然。

当男人把她们抬到神的高度时,她们心中就会忽而生出圣母的慈悲,却不知自己原本不过是一尊泥菩萨,或者,不过是盘中祭品,那被称为"牺牲"的本身。

不知道萧红当时是什么感受,只知道她放弃正在建设的城堡,离开日本,两次踏进同一条河流,这一次,又是万劫不复。

尽管萧军以求助者的姿态召唤萧红回来,但她真的出现在他面前,他并不能待她比从前更好。许粤华依然在他们的生活圈子里,萧红经常会见到他们夫妻,而黄源恨屋及乌地对萧红也没什么好脸色。《萧红传》的作者季红真采访了梅志等人,得到这样的说法:"当时许粤华已经珠胎暗结,做了人工流产,萧军忙着照顾她,根本无暇顾及萧红。"

萧军的"家暴"传闻,正是发生在这一时期,作家靳以的回忆录里,说有位 S 将萧红的眼圈打得乌青,萧红还试着在朋友面前替他遮掩,S 得意地说,别不要脸了,他昨天喝了酒,借点酒气就打了她一拳,就把她的眼圈打青了。

作家靳以说他们当时都不说话,"觉得这耻辱应该由我们男子分担的",更怕他会说出"女人原要打的,不打怎么可以呀"这种话来。

S是谁,不言而喻。

萧军还和他的朋友一道嘲笑萧红的作品,大致意思跟周一围说他老婆不算标准意义上的表演差不多,未曾意识到这也许是萧红唯一的出口。

痛苦中的萧红再次尝试离家出走,去过寄宿画院,被主持者以"你的丈夫不允许"拒收。后来她又去了北京,在北京,她给萧军写信说,她的心"就像被浸在毒汁里那么黑暗,浸得久了,或者我的心会被淹死的"。她叹息:"痛苦的人生啊!服毒的人生啊!"

看得出,即便再次与萧军分开,她也不复在日本时的平静,带着这种被"毒液"浸泡的心情,萧红和萧军携手并行了一些日子,直到她遇到端木蕻良。

旁观者都说她最初对端木极尽蔑视,但还是选择和他在一起,其间的道理倒不难理解,就像她曾说的:"口渴的那一刻,觉得口渴的那个真理,就是世界上顶高的真理。"她需要一个帮手,将她从苦境中带出,不管这个人是谁。

可是不再口渴的人,也更容易感觉到大空虚,她和端木蕻良婚姻的不尽如人意之处,让她少不了将端木的缺点,和萧军的长处比较。说到底,一个男人未必能够覆盖另外一个男人,对比当年她在日本的"黄金时代",不难发现,自我建设也许才是真正有效的救赎。

然而我们回头看萧红的那封信,会发现萧红终究是不能完全享受她的黄金时代的:"是的,自己就在日本。自由和舒适,平静和安闲,经济一点也不压迫,这真是黄金时代,但又是多么寂寞的黄金时代呀!别人的黄金时代是舒展着翅膀过的,而我的黄金时代,是在笼子里过的。从此我又想到了别的,什么事来到我这里就不对了,也不是时候了。对于自己的平安,显然是有些不惯,所以又爱这平安,又怕这平安。"

不惯于冷清,不能享受寂寞,也许才是萧红的致命伤,也是从前的女人共同的命运,她们习惯于左顾右盼,希望有人接住自己的目光。我曾经说萧红贪恋泥淖里的温暖,这注定了她的功亏一篑,她在东京的这段生涯,也因此如同西西弗斯推着石头上山,在既定的命运里,所有的努力都是徒劳的。

我的便携式生活

去江之岛看一场花火

大海在对面,铁轨在眼前,两个方向的电车,交替在这个站台停驻,而不管去往哪个方向,都人满为患。

就在刚才,一辆电车被挤得几乎要爆炸,穿着校服的大男生三分之一身体吊在外面,列车员看见了,远远地跑过来,奋力将他朝里一推,肉体是有弹性的,车门关上了。

我上午还发朋友圈感慨这一路风景好人又不多,真是天真到可鄙,此刻人流已经如涓涓细流,从四面八方涌来,注满了从江之岛到镰仓的这一带路途。

来江之岛,是一时兴起,在手机地图上找面朝广阔海域同时又离东京比较近的地方,目光顺理成章地滑到了江之岛。在横滨以南,江之岛的岬角直伸向海里,上面还有一座展望灯塔,一切都很理想。

文艺圣地镰仓位于东京到江之岛的路途上,返程时也可以看看,毕竟我文艺细胞有限,对着大海发上一整天的呆,也有点勉为其难。

我起了个大早,换了三次车,先是坐地铁去大崎,再由大琦坐国津线到藤泽,最后换成江之岛电车。江之岛电车很有名,通常被叫作江之电,它沿着海岸线行驶,一进站台就看到很多人在拍照,在市区街头,木质栏杆的老站台,停驻着绿色电车,对面就是闪着银光的海面,光阴顿时悠悠然起来。

买了张一天内不限次乘坐的车票,600日元。

在江之岛站下车,先上桥。蓝天大海,在我的左右手,天空蓝得轻浅而天真;大海蓝得深沉,像个中年人,但到底是蓝色的,那深沉里便又有些羞涩了。

那时行人的确不多,天地沉静至极,只是空中不时传来几声巨响,淡淡的烟雾散开来,惊飞几只海鸟。

我的便携式生活

是有人在打鸟吗？还是为捕鱼做什么特别的准备？我一边走，一边默默思索，又见桥下沙滩上一排排地摆放了许多椅子，难道这里也有类似"桂林印象"这类的表演？不猜了，反正跟我无关。

岛上的店铺大多才开门，有一家门口已经排起长队，挤出来的人手里拿着一块有着花岗岩纹路的薄饼，再结合店铺上的招牌，我震惊地发现，薄饼上是一只被拍平的八爪鱼。然后又看到一只被拍平的龙虾，科幻小说《三体》里，太阳系最终被以二维化的方式毁灭，眼前这不就是二维化的龙虾和八爪鱼吗？

更多的是各种海鲜定食、海鲜烧烤等等，一路逛着，来到一座寺庙前，我转了一圈，不得要领，便走下去，沿着海边溜达。

栈道上空荡荡的，一座灯塔屹立在路的尽头，远处有帆，世界安静得仿佛能听到自己的心跳，少年时候想象的旅行就是这样的吧。萧红在日本时，给萧军写信说："自己就在日本。自由和舒适，平静和安闲，经济一点也不压迫，这真是黄金时代……"而我在日本的这些日子亦是如此，也算我的黄金时代了。

发呆任务完成，准备离去，一回头，发现山上还有一座巨大的灯塔，也就是说，刚才我看到的那座，并不是地图上展示的灯塔。

再回去要耽误不少工夫,去镰仓就太赶了。再说,到那个灯塔上也不过是看海,下个月去冲绳,更能看个过瘾,要么就算了。

心里这么盘算着,脚步还是不由自主地转了回去。乘坐电梯抵达塔尖,隔着玻璃望下去,一边是繁华都市的楼群,灰灰白白的也被距离二维化了,另一边是浩渺的太平洋,视觉上极其震撼,但让我都出了大门又买了一张票准备傍晚再来一趟的是,灯塔公园门口的一张招贴画,说今晚六点有花火,塔下的露台,观看效果极佳。

我来之前就听说,在日本,春看樱花,秋看枫叶,冬天看雪,夏天呢,就是看花火,也就是烟花。我来日本已是十月,居然还有花火可看,似乎不应该错过。

但是要等到晚上六点,且据我的经验,必然观者如堵,要想看得畅快,就要"先据要路津",早早占个座。

我纠结了一会儿,决定镰仓的那些寺庙下次再去看,到附近的镰仓高校前站转转便回,找个风水宝地坐下来,在 kindle 上看完一部小说,好像也很完美。

镰仓高校前是《灌篮高手》的取景地,吸引了很多游人来打卡,我没有看过这个电视剧,只是看蓝天,白云,铁轨,海岸线,绿色或蓝色的电车不时叮叮当当地开过来,不由得很代入地想,若是在这样的背景下度过青春,会觉得这一生从一开头就很奢侈吧。有穿裙子的女人站在铁轨那边和一个男子聊天,老远看过去,就像在演日剧。

但日复一日地面对旅行者的窥探,又是一种怎样的感受?就目前看来,直接后果是,会有一些日子,坐电车是一件很恐怖的事。

其实从江之岛过来时,我已有不祥之感,人流明显汹涌了很多,再从镰仓高校门口踱下来,要折回江之岛去时,发现眼前竟是人山人海,队伍排成了"L"形,旅行者分分钟变成难民,人生的关键成了能不能挤上这趟车。

也就是我开头说的这个场景了。

还好,日本有排队文化,人虽多,队伍还是"瘦"的。我终于挤上了车,重新回到江之岛,又看见那一大片椅子,想起上午的巨响,答案已然揭晓。对着海面的台阶,被封箱胶贴了很多的尼龙布,花花绿绿一大片,想来也是用来占座看花火的。

看到大家如此郑重对打,我越发感到不妙,上山路上亦是接踵摩肩,犹如中国黄金周时的小吃街,稍稍感到安慰的是,下来的人也不少。

　　展望塔的露台上,人倒并不算特别多,皆席地而坐,坐在尼龙布或者瑜伽垫上,还有人带了厚厚的毯子,无备而来的我,只能掏出几张可怜的宣传画垫在屁股底下。

　　此刻是下午四点,眼前的海景极美,随着暮色下沉,那天与海的蓝也一点点浓郁起来,却依然是梦幻的,让你觉得应该回忆点什么,又无可回忆。

　　来日本之后,这种感觉常有,从人生里突然拔出来的一段日子,是没有经验的,与往日是不衔接的。倒是与更远的记忆连得上,因那时对于未来的幻想,就像在地球上想象宇宙,两者皆不具体。

　　当天空完全黑下来,无数海鸟盘旋在灯塔的亮光周围。寒意渐渐起来,带着毯子的那位,已经完全钻进去,那些小情侣,因了这份冷与无聊,亲密更为亲密,也许是想从身体与心理,都挨得更近些,年过不惑的我,居然有些艳羡,毕竟,一个大活人,比我怀里的包热乎多了。

我的便携式生活

　　五点五十,忽然下起雨来,刚才我老看到远处的天空打闪,判断那不是花火后,我就不琢磨了。海报上说,如果今天下雨,就延期到明天,这花火还放不放啊?

　　现场的工作人员走过来,大声说着日语,我听不懂,从人群的反应看,她是要大家下去。我有点沮丧,同时也觉得轻松,一是担心手机里那点电量撑不到我看完花火回到东京,语言不通让我离开手机就寸步难行;二是这个等待的过程已经很美妙,留点遗憾也未尝不可。

　　刚走到楼下,忽听天空中一声巨大的呼哨,金色火龙越过山与海的阴影,蹿到空中,炸出无比璀璨的花朵,随即变成金色雨点,熄灭在沉暗空中。李商隐有诗曰:"曾是寂寥金烬暗",我居然是在日本,看到这诗意的具象。

　　随即,又有许多这样的绽放,在山上,观看效果自然不如对着大海,只能看见蹿得比较高的那些,丰富感与层次感都要差很多,但是,当那火焰变幻成花朵,像生活中一切意料之外的惊喜,在你伸手可触之前熄灭,感觉非常的李商隐。

　　"雨过河源隔座看,星沉海底当窗见",若是形容一场唐朝的花火也可以的啊。它也非常的，徐志摩："你我相逢在黑夜的海上，你有你的，我有我的，方向；你记得也好，最好你忘掉在这交会时互放的光亮！"

说得决绝，又有些悲观，不过，若是和喜欢的人一起看过一场花火，即便终究不得不分手，也舍不得过于决绝吧，不只是怕对不住那个人，更怕对不住曾经的好时光。

与此同时，雨也越下越大，在花火暂时告一段落的间隙，能听到那哗哗声。不免忧心，但那一点点忧心很快被璀璨天空以及周围的惊呼淹没，等到最后一朵花火像一场金色瀑布那样落下时，我不得不面对，现实中这场大雨了。

下山路上，我无数次进行灵魂深处的反省，在灯塔下，我明明看到有卖伞的，就是不想买。那伞倒不贵，350日元，合人民币20多块，但它是日本人特别喜欢打的长柄塑料伞，我房间里已经有一把了，我非常非常不想再多一个不便携的家当，即使它只要20多块。

为了这点执念，我付出了惨重代价，原本以为从山上一路跑到车站二十分钟足够了，哪想，路上人太多，警察控制人流，几乎挪动个三五步，就要停上几分钟，这一段路，足足走了两个小时！

这两个小时里，雨就没停过。

我也试着去蹭后面的人的雨伞，但张爱玲说过，穷人和富人交往，就像下雨天没带伞的人想钻人家伞下，伞的边缘滔滔流下水来，反而比外面的雨更来得凶。我还是做个安分的穷人比较好，我掏出包里的海报，聊胜于无地遮在头顶，一个多么狼狈的中年女人。

前面的队伍一望无际，我手机的电量越来越短，浑身又冷又湿，这真是人生窘境，但东京还有一个温暖干燥可以泡澡的房间等着我，眼下近于极限的窘，当成一种体验也可以。

来时两个小时的路程，返回时，用了四个多小时。从地铁站钻出来，临近十一点，巷子里一个人也没有，我抱着包跑得飞快，花火之轻和回家的路途之重，是人生里美妙的参差对照，用罗素的话说，这是我们的幸福之源。

第三天，我又跑来江之岛，这一次看到无数盏灯烛，布满灯塔公园的每一处，如梦似幻，让我逾龄地动起少女心。似乎入冬后还有彩灯大会，江之岛这地方，有事没事都在过节，灯塔公园的门票不过500日元，其他地方都不收门票，在东京附近，算是性价比最高的旅游景点了。